U0730388

大唐狄公探案全译
高罗佩绣像本

大唐狄公探案全译·高罗佩绣像本

黄禄善 / 主编

铁针谜案

THE CHINESE NAIL MURDERS

〔荷兰〕

高罗佩 / 著
By Robert Van Gulik

张宏 / 译

山西出版传媒集团　北岳文艺出版社
SHANXI LITERATURE & ART PUBLISHING HOUSE

- 太原 -

图书在版编目（CIP）数据

铁针谜案 /（荷）高罗佩著；张宏译 . 一太原：北岳文艺出版社，2018.1（2018.9 重印）

（大唐狄公探案全译：高罗佩绣像本 / 黄禄善主编）

ISBN 978-7-5378-5493-1

Ⅰ．①铁… Ⅱ．①高… ②张… Ⅲ．①侦探小说—荷兰—现代 Ⅳ．① I563.45

中国版本图书馆 CIP 数据核字（2018）第 001796 号

书名：铁针谜案　　　　策　划：续小强　　　　责任编辑：韩玉峰

著者：〔荷〕高罗佩　　项目统筹：贾晋仁　　　书籍设计：张永文

译者：张宏　　　　　　　　　　庞咏平　　　印装监制：巩璠

出版发行：山西出版传媒集团·北岳文艺出版社

地址：山西省太原市并州南路 57 号　邮编：030012

电话：0351-5628696（发行部）0351-5628688（总编室）　传真：0351-5628680

网址：http://www.bywy.com　E-mail：bywycbs@163.com

经销商：新华书店　承印者：山西人民印刷有限责任公司

开本：890mm×1240mm　1/32　　字数：164 千字

印张：7.625　版次：2018 年 1 月第 1 版　印次：2018 年 9 月山西第 2 次印刷

书号：ISBN 978-7-5378-5493-1

定价：29.80 元

本书版权为本社独家所有，未经本社同意不得转载、摘编或复制

　　《狄公案》是中国众多公案小说之一种，但是，随着高罗佩20世纪40年代对《武则天四大奇案》的译介以及之后"狄公探案小说系列"的成功出版，"狄公"这一形象不仅风靡西方世界，也使中国读者看到"中国古代犯罪小说中蕴含着大量可供发展为侦探小说和神秘故事的原始素材"，认识到"神探狄仁杰"，"虽未有指纹摄影以及其他新学之技，其访案之细、破案之神，却不亚于福尔摩斯也"。在西方对中国总体评价趋于负面的20世纪50年代，"狄公探案小说"不仅满足了普通西方读者了解古代中国社会生活的愿望，也在一定程度上让西方世界重新认识了传统中国，扭转了西方人眼中古代中国"落后""野蛮"的印象。从这个意义上来看，高罗佩对传播中国文化着实做出了很大的贡献，因此学界给予他很高的评价，将其与理雅各、伯希和、高本汉、李约瑟等知名学者并列为"华风西渐"的代表人士。

　　高罗佩是20世纪最为著名的汉学家之一，其语言天赋惊人，汉学造诣"在现代中国人之中亦属罕有"。高罗佩"狄公探案小说"的背景是久远的初唐社会，但讲述方式却是现代的，中国传统文化被润化在小说的情境中，服饰、器物、绘画、雕塑、建筑等中国元素以及其中所蕴含的中国文化，在不经意间缓缓流动着，构成一幅丰富多彩的中国图画，没有丝毫的隔膜感。小说创作的灵感来源于公案小说，但叙事却完全是西方推理小说的叙事。在整个案件的推演、勘察过程中，读者一直是不自觉地被带入情境中，抽丝剥茧，直到最终找出答案。这种互动式、体验式的交流方式，是高罗佩探案小说的成功之处，也是至今仍为广大读者喜爱的原因之一。

为了让读者能原汁原味地读到高罗佩"狄公探案小说"，体味到高罗佩笔下的中国文化和社会，我社邀请著名西方通俗文学研究大家黄禄善教授组织翻译了这套"大唐狄公探案全译·高罗佩绣像本"，以飨读者。

我社推出的"大唐狄公探案全译·高罗佩绣像本"以忠实原著为原则，译文更贴近于读者的阅读习惯，且完整保留了高罗佩探案小说创作的脉络，力图打造一套完整的"高罗佩探案小说"全译本。

"大唐狄公探案全译·高罗佩绣像本"共计十六册（包括十四部长篇，两部中篇，八部短篇），其中收入了高罗佩手绘的地图及小说插图一百八十余幅。书中的插图仿照的是16世纪版画的风格特点，特别是明代《列女传》中的形象。因此，插图中人物的服饰以及风俗习惯均反映的是明代特征，而非唐代。此外，小说中涉及大量唐代官职、古代地名等信息，虽经译者考证并谨慎给出译名，但仍有存疑之处，敬请方家指正。

愿我们的这些努力，能使这套"大唐狄公探案全译·高罗佩绣像本"成为喜爱高罗佩的读者们所追寻的珍藏版本。

北岳文艺出版社
2018年1月

一

　　20世纪与21世纪之交，西方通俗文学界一个令人瞩目的现象是历史侦探小说（historical detective fiction）的崛起。当时西方的许多主流媒体，如《纽约时报》《华尔街日报》《泰晤士报》《卫报》等等，连篇累牍地报道这类小说获奖的信息，有关小说的介绍、评论汗牛充栋。这些获奖作品的背景多半设置在一个历史久远的年代，中心情节是破解一个与谋杀有关的谜案，作者大都为历史学、考古学的专业人士，爱好文学创作。譬如保罗·多尔蒂（Paul Doherty, 1946—），当代英国著名历史学家，20世纪80年代末开始历史侦探小说创作，迄今已出版了八十多部以古希腊、古罗马、古埃及和中世纪英格兰为背景的侦探小说，其中《叛逆的幽灵》（*The Treason of the Ghosts*）被《泰晤士报》列为2000年最佳犯罪小说。又如琳达·罗宾逊（Lynda Robinson, 1951—），毕业于得克萨斯大学考古专业，擅长中东史和美国史研究，后在丈夫的鼓励下进行历史侦探小说创作，处女作《死神谋杀案》（*Murder in the Place of Anubis*, 1994）一问世即荣登"纽约时报畅销书排行榜"，接下来的十多本小说也一版再版，畅销不衰。再如加里·科比（Gary Corby, 1963—），澳大利亚历史侦探小说创作新秀，尽管作品数量不算太多，但已是2008年"柯南·道尔奖"得主，2010年问世的《伯里克利政体》（*The Pericles Commission*）又获"内德·凯利奖"（Ned Kelly Award）。凡此种种，正如《出版人周刊》2010年一篇评论所指出的："过去的十年目睹了历史侦探小说的数量和质量的爆炸。以前从未有过如此多的天才作家出版如此多的历史侦探小说，作品涵盖的历史年代和案发地点也从未如此宽泛。"[1]

　　不过，西方历史侦探小说的诞生并非从这个世纪之交开始。早在1911年，在美国作家梅尔维尔·波斯特（Melville Post, 1869—1930）的短篇小说《上帝的天使》（*The Angel of the Lord*），就出现过一个历史年代的业余侦探"阿布勒大叔"（Uncle Abner）；他生活在古老的弗吉尼亚边疆，是个牧场工人，和蔼、睿智的中年人，依靠圣经的道德标准和美国的法律精神破案。《上帝的天使》很快被扩充为拥有二十六个故事的侦探小说集《阿布勒大叔：破案高手》（*Uncle Abner, Master Mysteries*, 1918）。到了1943年，美国作家利莲·托雷（Lillian de la Torre, 1902—1993）又发表了以历史人物塞缪尔·约翰逊（Samuel Johnson）为侦探主角的短篇小说《英格兰国玺》（*The Great Seal of England*），她同样将该短篇小说扩充为有多个故事的侦探小说集《萨姆博士：约翰逊侦探》（*Dr. Sam: Johnson, Detector*, 1948）。在这之后，西方目睹了历史侦探小说的高速发展。一方面，英国作家阿加莎·克里斯蒂（Agatha Christie, 1890—1976）出版了古埃及背景的长

1　Lenny Picker. *Mysteries of History*, Publishers Weekly, March 3, 2010.

篇历史侦探小说《死亡终局》（*Death Comes as the End*, 1944）；另一方面，美国作家约翰·卡尔（John Carr, 1906—1977）又出版了拿破仑战争题材的长篇历史侦探小说《狱中新娘》（*The Bride of Newgate*, 1950）；与此同时，荷兰外交家、汉学家、收藏家、作家高罗佩（Robert van Gulik, 1910—1967）还推出了基于中国公案小说传统的系列历史侦探小说"狄公探案"（*Judge Dee series*）。这些单本的、系列的历史侦探小说的问世，为当代西方历史侦探小说的全面崛起做了有益的铺垫，尤其是"狄公探案"，采用长、中、短三种小说形式，数量多达十六卷，在东、西方均产生了持久的轰动效应，被认为是早期西方历史侦探小说的成功"范例"。[1]

　　"狄公探案"系列历史侦探小说始于1949年高罗佩的一本中国公案小说译作《狄公断案精粹》（*Celebrated Cases of Judge Dee*）。故事的侦探主角狄公（Judge Dee）在中国历史上实有其人。他名叫狄仁杰，生活在唐朝（618—907），一生为官，两次出任宰相，是所谓的青天大老爷。有关他廉洁自律、为民请命、秉公办案的故事很早就在民间流传。到了清朝末年，一位无名氏将这些民间故事整理成长篇公案小说《武则天四大奇案》（亦名《狄公案》或《狄梁公四大奇案》）。高罗佩在中国任外交官期间，对该书产生了浓厚的兴趣。他在进行了详细考据之后，将其中基本符合西方侦探小说传统的前三十回翻译成英文出版。之后，又亲自出马，尝试创作了以狄公为侦探主角的历史侦探小说《迷宫奇案》（*The Chinese Maze Murders*, 1952）。该历史侦探小说出版后，居然是本畅销书。从此，高罗佩一发不可收拾，先后接受芝加哥

1　Carl Rollyson. *Critical Survey of Mystery and Detective Fiction*, Revised Edition. Salem Press, INC, printed in USA, 2008, p.1783.

大学出版社及其他图书出版公司的稿约，继续创作了十五卷狄公案历史侦探小说。它们是：《铜钟谜案》（*The Chinese Bell Murders*, 1958）、《黄金谜案》（*The Chinese Gold Murder*, 1959）、《湖滨谜案》（*The Chinese Lake Murders*, 1960）、《铁针谜案》（*The Chinese Nail Murders*, 1961）、《红阁子奇案》（*The Red Pavilion*, 1964）、《朝云观奇案》（*The Haunted Monastery*, 1961）、《御珠奇案》（*The Emperor's Pearl*, 1963）、《漆画屏风奇案》（*The Lacquer Screen*, 1962）、《晨猴·暮虎》（*The Monkey and the Tiger*, 1965）、《柳园图奇案》（*The Willow Pattern*, 1965）、《广州谜案》（*Murder in Canton*, 1966）、《紫云寺奇案》（*The Phantom of the Temple*, 1966）、《太子棺奇案》（*Judge Dee at Work*, 1967）、《项链·葫芦》（*Necklace and Calabash*, 1967）、《黑狐奇案》（*Poets and Murder*, 1968）。这些"奇案""谜案"也全是畅销书，不断再版、重印，直至2014年，还有麦克法兰图书出版公司（McFarland）的新版本出现。

与此同时，"狄公探案"系列小说的影响又渐渐从美国、英国、加拿大、澳大利亚、新西兰延伸到法国、德国、西班牙、荷兰、瑞典、芬兰、日本和中国。1982年，甘肃人民出版社率先在中国推出了陈来元、胡明翻译的《四漆屏》（*The Lacquer Screen*）。紧接着，中原农民出版社、北方妇女儿童出版社、北岳文艺出版社、中国电影出版社、海南出版社、贵州大学出版社也各自推出了这样那样的狄公案全译本和节译本。各种各样的续集、改写本也不断涌现。"狄公探案"被多次搬上银幕，仅在中国大陆，就有电影《血溅画屏》（1986）、《恐怖夜》（1988）、《奇屏谜案》（2009），电视连续剧《狄仁杰断案传奇》（64集，1986）、《神探狄仁杰Ⅰ》（30集，2004）、《神探狄仁杰

Ⅱ》（40集，2006）、《神探狄仁杰Ⅲ》（48集，2008）、《神探狄仁杰Ⅳ》（50集，2013）。

二

作为早期西方历史侦探小说创作的一个成功范例，"狄公探案"小说系列展示了这一小说类型的诸多特征。首先，它是侦探小说，遵循侦探小说之父爱伦·坡（Allan Poe, 1809—1849）的"破案解谜六步曲"，亦即介绍侦探、展示犯罪线索、调查案情、公布调查结果、解释案情发生的原因和经过、罪犯的服输和认罪。其次，它又是历史小说，涵盖了历史小说之父沃尔特·司各特（Walter Scott, 1771—1832）所创立的大部分市场要素，如异国情调、哥特式气氛、英雄主义、骑士精神等等。而且，其作者本人，也像上面提到的许多当代历史侦探小说的作者一样，是个精通历史学、考古学的专业人士，只不过专业研究的对象，并非众人趋之若鹜的古希腊、古罗马或中世纪欧洲文明，而是当时并不被看好且有点冷僻的东方语言文化。

高罗佩，原名罗伯特·范·古利克，1910年8月9日生于荷兰聚特芬（Zutphen）。父亲是个医生，曾先后两次在荷属东印度（Netherland East Indies, 今印度尼西亚）服役。自小，高罗佩随父母侨居在殖民地，在当地学习汉语、爪哇语和马来语，由此对亚洲文化，尤其是中国文化产生了浓厚的兴趣。1923年，父亲退役后，高罗佩随全家回到荷兰，定居在奈梅亨（Nijmegen）。1929年，高罗佩从奈梅亨市立中学毕业，入读莱顿大学，主修东方殖民法律和（荷属东）印度学，以及中日语言文学，后又到乌特勒支大学深造，学习现当代中国史以及藏文和梵文，并以论文《马头明王诸说源流考》（*Hayagriva, the Mantrayanic Aspect of Horse-cult in China and Japan*）获得东方语言学博士学位。高罗佩的语言才能和专业知识很快得到回报。1935年，他被荷兰外交部录用为助理翻译，并被派驻东京，任荷兰驻日公使馆二等秘书。1941年，太平洋战争爆发，荷兰成为日本的对立面，高罗佩与其他同盟国的外交人员一道被遣离日本。1943年3月，他从印度加尔各答来到中国重庆，与那里的荷兰使馆人员会合，出任荷兰政府驻重庆大使馆一等秘书。其间，他结识了同在大使馆秘书处工作的中国名媛水世芳，两人结为伉俪，先后育有三子一女。战争结束后，高罗佩离开中国回到海牙，出任荷兰外交部政务司远东处处长，一年后又去了美国，任荷兰驻美使馆顾问。1948年，他被任命为荷兰驻日本东京军事代表处顾问，1951年又离开东京前往新德里，任荷兰驻印度大使馆文化参赞。1953年，他再次被召回，任外交部中东暨非洲事务司司长。1956年至1959年，高罗佩担任荷兰驻黎巴嫩全权代表，1959年至1962年又担任荷兰驻马来西亚大使。1965年，他作为驻日大使第三次被派驻东京。任上，他被诊断出患了肺癌，不得不返国治病。1967年9月24日，他在海牙辞世，享年五十七岁。

高罗佩一生以外交官为职业，辗转海牙、东京、重庆、南京、华盛顿、新德里、贝鲁特、吉隆坡等地，工作异常繁忙。尽管如此，他还是不忘初衷，挤出时间从事自己所喜爱的东方语言文化研究。他的研究兴趣很广，琴棋书画、小说戏曲无所不包，而且成果颇丰，几乎每隔一至两年就出版一本书。1941年由日本上智大学出版的《琴道》（*The Lore of the Chinese Lute*）是西方第一本系统介绍中国古琴的专著。在书中，高罗佩基于大量中国古代文献，对中国古琴的起源和特征、琴人的心境和原则、琴曲的意义和内涵、演奏的象征和意象，做了详尽的论述。而1944年在重庆出版的《明末义僧东皋禅师集刊》（*Collected Writings of the Ch'an Master Tung-kao, a Loyal Monk of the End of the Ming Period*），则是一部填补中国佛学史空白的开山之作。该书成书时间长达七年，期间高罗佩遍访中日名刹古寺、博物馆院，共觅得东皋禅师遗著和遗物三百余件。1958年，他耗时十余年完成的《书画鉴赏汇编》（*Chinese Pictorial Art as Viewed by the Connoisseur*）又在罗马远东研究社出版。全书内容分两部分，前一部分泛论中日屋宇的式样、书画的悬挂方法以及装裱技术的衍变，后一部分讲述毛笔的构造、墨的制作、纸绢的特质、书画真赝的鉴别，堪称一部东方艺术鉴赏大全。

　　不过，高罗佩的最大学术成就当属中国古代性文化研究。1949年，因日文版《迷宫奇案》的一幅封面裸体插图，高罗佩开始对中国古代性文化产生兴趣。他广集史料，探幽索隐，费尽周折收集历朝历代春宫画册，又参阅了一系列的明末情色禁书，终于辑成了中国古代性文化的拓荒之作《秘戏图考》（*Erotic Colour Prints of the Ming Period*, 1951）。该书共分三卷。卷一《秘戏图考》是正文，用英语写成，分"上""中""下"三篇，讨论了自公元前226年至公元1664年中国历代王朝与性有关的历史文献、春宫画简史以及他所收藏的《花营锦阵》对题跋文字的注释和翻译，并附有"中国性术语"和"索引"。卷二《秘书十种》系中文卷，收录了卷一所引用的重要中文参考文献，包括《洞玄子》《房内记》《房中补益》《天地阴阳交欢大乐赋》《某氏家训》《纯阳演正孚佑帝君既济真经》《紫金光耀大仙修真演义》《素女妙论》以及《风流绝畅图》题词和《花营锦阵》题词。卷后有附录，分乾（旧籍选录）和坤（说部撮抄）两部分，所录各项均为极其珍贵的中国古代性文化研究资料。卷三《花营锦阵》影印了他所收藏的《花营锦阵》的所有春宫画，外加所题艳词。在这之后，高罗佩继续中国古代性文化研究，且时有新的发现，适逢荷兰图书出版商建议他撰写一部面向更多西方读者的中国古代性文化著作，于是便有了洋洋数十万言的《中国古代房内考》（*Sexual Life in Ancient China*, 1961）的问世。相比《秘戏图考》，该书的社会文化史研究气息更浓，且内容上有增补，还更新了许多旧的译文，添加了许多新的引文；观点上有修正，尤其是强调爱情的高尚意义，反对过分突出纯肉欲之爱。直至今日，该书仍是东西方性学家了解中国古代性文化的重要参考文献。

三

正是以上历史学、考古学方面的惊人成就，让高罗佩发现了《武则天四大奇案》等中国公案小说的价值，并选择性地翻译、出版了《狄公断案精粹》。在该书的"译者前言"，高罗佩指出，多年来西方读者所理解的中国侦探小说，无论是厄尔·比格斯（Earl Biggers, 1884—1933）的"查理·张"系列小说（*Charlie Chang series*），还是萨克斯·罗默（Sax Rohmer, 1883—1959）的"傅满洲系列小说"（*Fu Manchu series*），其实都是"误判"。真正的中国侦探小说是《武则天四大奇案》之类的中国公案小说。这类小说早在1600年就已经存在，时间要比爱伦·坡"发明"侦探小说的年代，或者柯南·道尔（Conan Doyle, 1859—1930）"打造"福尔摩斯的年代，早出几个世纪。而且这类小说多有特色，主题之丰富，情节之复杂，结构之缜密，即便是按照西方的标准，也毫不逊色。然而，由于一些文化传统的原因，迄今这类小说不为广大西方读者所知。他呼吁西方侦探小说作家应该关注这一被遗忘的角落，积极改写或创作以中国古代清官断案为主要内容的侦探小说。[1]鉴于和者甚寡，1950年，他亲自操刀，尝试创作了以狄公为侦探主角的《迷宫奇案》，以后又费时十七年，将其扩展为一个有着十六卷之多的狄公探案系列。

而且，也正是以上历史学、考古学的惊人成就，让高罗佩在创作这十六卷狄公案时有意无意地融入了较多的中国古代文化元素。"漆画屏风""柳园图""朝云观""紫云寺""红阁子"，这些书名关键词本身就是一幅幅色彩斑斓的风俗画，给西方读者以丰富的中国古代文明想象；而小说中的许多故事场景，如"迷宫""花亭""半月街""桂园""乐苑""黑狐祠""白娘娘庙""罗县令府邸"，也无疑是一道道风味独特的精神大餐，令西方读者一窥东方建筑。此外，还有许多与案情有关的主题物件，如竖琴、棋谱、毛笔、画轴、香炉、算盘、绢帕，也不啻一件件极其珍稀的古文物展示，勾起了西方读者对中国传统文化的无限向往。

当然最值得一提的是，"狄公探案"蕴含的道家思想和诗化手段。在《迷宫奇案》，故事刚一开始，高罗佩就描绘了一个仙风道骨的太原府狄公后裔。他头戴黑纱高帽，身穿宽袖长袍，胸前白髯飘拂，举止谈吐不凡。正是他，讲述了狄公当年在兰坊县任上所破解的三桩命案。之后，故事套故事，小说中又出现了一个鹤发童颜、双唇丹红、目光敏锐

---

1 *Celebrated Cases of Judge Dee: An Authentic Eighteenth-Century Chinese Detective Novel*, Translated and With an Introduction and with Notes by Robert van Gulik, Dover Publications, Inc, New York, 1976, pp. i-v.

的道家隐士，他于狄公断案百思不得其解之际指点迷津。由此，狄公锁定了余氏财产争夺案的真正凶犯。同样高贵、脱俗、飘逸的道家隐士还有《项链·葫芦》中的葫芦老道。同传说中的道家神仙张果老一样，他骑着一头长耳老驴，鞍座后面用红缨带拴着一个大葫芦。小说伊始，在松树林，他不期而至，给不慎迷失方向的狄公指路。接下来，还是在松树林，他协助狄公击退了凶狠歹徒的袭击，让狄公得以完成公主的重托。末了，依旧在松树林，他再遇狄公，自报真名，细述身世，并赠予其大葫芦，然后语重心长地留下嘱咐："大人，现在您最好把我忘了，免得将来还会想起我。虽说对于未知者，我只是一面铜镜，会让他们撞头；但对于知情者，我是一个过道，进出之后便了事。"[1]

显然，高罗佩在暗示读者，狄公之所以能屡破奇案，是因为有"高人"相助，而这"高人"并非别的，乃是他所信奉的"清静无为""顺应天道""逍遥齐物"的老庄哲学。事实上，现实生活中的高罗佩也是一个老庄哲学推崇者。在《琴道》的"后序"，高罗佩曾经谈到自己的抚琴体会，认为其秘诀在于遵循老子说的"去彼取此，蝉蜕尘埃之中，优游忽荒之表，亦取其适而已"[2]。接下来的正文，他进一步明确指出："我认为道家思想对琴道衍变有决定性的优势，或者说，虽然琴道的产生及基本观念源于儒家，但内涵却是典型的道家。"[3]此外，在《中国古代房内考》中高罗佩也有类似的说法："道家从自己与自然的原始力量和谐共处的信念中得出合理结论，并固定下来，称之为道。他们认为人

---

1 Robert van Gulik. *Necklace and calabash*. University of Chicago Press, Chicago, 1992, p. 92.

2 Robert van Gulik.*The Lore of the Chinese Lute: An Essay in the Ideology of the Ch'in*.Sophia University, Tokyo, 1941, pp. xiii.

3 Ibid, p. 49.

类的大部分活动，都是人为的，只起到疏远人和自然的作用，由此产生非自然的、人工的人类社会，以及家庭、国家、各种礼仪、专横的善恶区分。他们提倡回复到原始质朴，回复到一个长寿、幸福、没有善恶的黄金时代。"[1]

如果说，在狄公案中，道家思想是高罗佩欲以推崇的精神食粮和破案利器，那么效仿唐代传奇小说和明清章回小说，对小说故事情节做诗化处理，便是他编织案情的重要手段。这种诗化手段，在狄公案前期问世的一些卷册，如《迷宫奇案》《铜钟谜案》《黄金谜案》《湖滨谜案》，主要表现在每章有两句对仗工整的诗歌标题，以及正文起首插有几句韵味十足的题诗。前者起着点明全章主要内容的作用，而后者往往也从作者的视角，感叹世事人生、因果报应，同时赞誉清官替天行道、为民申冤，与正文叙述有着某种唱和的效应。如《黄金谜案》第三章诗歌标题"入县衙主簿慌张，闯后园狄公受惊"[2]，概括了该章主要描写狄公一行四人进了蓬莱县衙，并着手调查前任县令遇害案；而《湖滨谜案》题诗"神笔录尽人间事，万物皆有源与头；无奈凡夫灵犀欠，不谙其意枉自愁。公堂端坐父母官，生杀之权大如天；倘若心少浩然气，草菅人命臭人间"[3]，也以极其简练的语言，歌咏了天下之大，无奇不有，法网恢恢，疏而不漏，为民父母，除害雪冤，从而有效地呼应、烘托了

1 Robert van Gulik. *Sexual Life in Ancient China: A Preliminary Survey of Chinese Sex and Society from Ca. 1500 B. C. till 1644 A.* D.Leiden, E. J. Brill, 1974, pp. 42-43.

2 Robert van Gulik.*The Chinese Gold Murders: A Judge Dee Detective Story*. Perennial, An Imprint of Harper Collins Publishers, New York, 2004, p. 20.

3 Robert van Gulik. *The Chinese Maze Murders: a Chinese detective story suggested by three original ancient Chinese plots*. The University of Chicago Press, Chicago, 1997, p. 1.

小说主题。狄公案后期问世的一些卷册，如《漆画屏风奇案》《御珠奇案》《紫云寺奇案》《黑狐奇案》，尽管考虑到西方读者的持续接受程度，不再有如此诗化形式，但仍出现了相当数量的对仗工整、韵味十足的诗歌。这些诗歌多半与案情相互交织，成为案情侦破的关键。以《漆画屏风奇案》为例，在正文第十一章，狄公偕竹香去地下的妓院暗访，看见床壁上贴有一首七言绝句，并从前后两句的字迹，推测是年轻画家冷德和滕夫人银莲合写，也据此断定此前滕知县所说"生死伉俪"完全是编造的。一个由婚姻不幸导致妻子出轨、继而被杀的复杂命案终于大白于天下。

四

然而，高罗佩并非不分良莠、一味地融入中国古代文化元素。也还是在他的《狄公断案精粹》的"译者前言"，高罗佩总结了《武则天四大奇案》等中国古代公案小说的五大"弊端"。首先，小说伊始即介绍罪犯，细述犯罪的经过和动机，从而丧失了故事基本悬念。其次，崇尚神鬼等超自然力量，法官能潜入冥王地府与受害者对话，动物、炊具也能上法庭做证。再有，故事冗长，情节拖沓，动辄数十章，甚至数百章。再有，出场人物过多，难以分清主次、理清线索。最后，惩罚罪犯过分，残忍地诉诸暴力。[1]

---

1 *Celebrated Cases of Judge Dee: An Authentic Eighteenth-Century Chinese Detective Novel*, Translated and With an Introduction and with Notes by Robert van Gulik, Dover Publications, Inc, New York, 1976, pp. ii-iv.

以上"弊端"，高罗佩在创作狄公案时已经剔除。整个谋篇布局，仍沿用西方古典式侦探小说的创作模式，并突出运用了许多行之有效的创作技巧。譬如阿加莎·克里斯蒂式的"高度悬疑"，几乎每卷都有这样的设置。典型的有《紫云寺奇案》，故事一开始，读者就被置于紧张的悬疑之中而不能自拔。漆黑的寺庙外，隐约现出一块溅洒鲜血的石头；一对男女鬼鬼祟祟，借着微弱的灯笼光线朝井边拖拽尸体。他们是谁？为何要弃尸古井？被害者又是谁？但未等读者找出答案，新的悬疑接踵而至。从古董店买来贺寿的紫檀木盒，莫名其妙地留有求救纸片。一夜之间，国库五十锭金变成一堆铅条。而原本是两个无赖之间的争斗命案，凶手却要费事地剁下受害者的头颅？并且，狄公的得力助手两次险遭杀害，衙役们已是一死一重伤。直至最后，罪犯一一被擒获，狄公细述案情，所有谜团解开，读者才恍然大悟。原来百年寺庙早已成了藏污纳垢之地。而《朝云观奇案》的悬疑设置更有特色，整个故事情节集中在一个密闭时空，命案迭起，案中有案。狂风暴雨夜，狄公一行人前往百年道观借宿。倏忽间，对面塔楼现出一男与一残臂裸女相搂的身影。此前，已有三个年轻女子在那里蹊跷身亡。紧接着，戏班子又有伶人"假戏真做"，险些酿成大祸。狄公循迹调查，又遭人暗算。更不可思议的是，众目睽睽之下，前任住持玉镜讲道时突然"仙逝"。之后，现任住持真智又坠楼暴毙。种种蛛丝马迹，指向道观一个辞官修道的孙太傅。然而他为何要谋害数条人命？又能否逃脱法律制裁？如此悬疑，一直持续到小说结束。

又如柯南·道尔式的"科学探案"，这一技巧的运用集中体现在小说主要人物形象的提升和重塑。在高罗佩的笔下，狄公已经不单是那个为政清廉、刚正不阿、体恤民生，只凭聪明才智断案的青天大老爷，而是融博学、勤政、亲民于一身，依靠仔细调查和缜密推理破案的"科学"神探。他手下的几个随从，马荣、乔泰、陶干和洪亮，也一改"四肢发达、头脑简单"的性格描写窠臼，变成有血有肉、智勇兼备的破案搭档。作为一方父母官，狄公不但熟悉辖区具体政务，还擅长同各种各样的人打交道，了解他们的喜怒哀乐和实际需求。尤其是，他深谙犯罪心理学，勤于现场勘查，善于从蛛丝马迹中寻找破案线索，并层层剥茧抽丝，缜密推理。在《漆画屏风奇案》第五章，高罗佩以十分细腻的笔触，描述了狄公如何在沼泽地查看一具女尸的情景：

> 狄公重新掀开裹盖女尸的袍服。除了那袍服外，女尸一丝不挂，一把短剑从左侧乳房直插胸部，露出剑柄。剑柄周围有一摊干涸的血。他继而细看那剑柄，发现质地为白银，上面镂刻了美丽的花纹，不过年代已久，呈现出黑色。他断定，这把短剑是一件稀世古董，只因那个乞丐不识货，在盗窃耳环和手镯的时候，没有将它拔出带走。他摸了摸那只乳房，表面冷而黏湿，接着又抬起她的一只胳膊，觉得还有弹性。看来，这个女人被害的时间不过几个时辰。他想着，这安详的神态，简便的发型，裸露的胴体，赤裸的双脚，都说明她是在床上熟睡时被害的。[1]

这段描写，与柯南·道尔在《巴斯克维尔的猎犬》中描述福尔摩斯现场勘察爵士死因简直有异曲同工之妙。不过，高罗佩没有无限拔高狄公，

---

1 Robert van Gulik. *The Lacquer Screen: a Chinese Detective Story*. The University of Chicago Press, Chicago, 1992, p. 52.

而是描写他有时也会被假象蒙蔽而犯错，也会因怀疑自己判断有误而心虚。此外，他还有七情六欲，不但娶有三房夫人，还看见美丽、善良的女人就动心。《铁针谜案》中暗恋郭夫人便是一例。小说描写了狄公邂逅这位容貌端庄、知书达理的仵作妻子后的种种爱慕心理。当获知她同样以铁针杀害了自己无恶不作的前夫后，狄公陷入了矛盾，欲绳之以法又心中不忍。郭夫人跳崖自尽后，狄公一夜未眠，"他感到非常疲惫，想过平静的退隐生活。但随之他明白，自己不能这样做。退隐意味着不想担当任何责任，而他却有太多的责任"[1]。这也令人想起英国侦探小说大师埃·克·本特利（E. C. Bentley, 1875—1956）在《特伦特绝案》中所描写的那个"已食人间烟火"的大侦探特伦特，他在推断门德尔松夫人杀害自己丈夫之后，选择了悄悄离去，因为门德尔松敛财堕落，消除他等于消除了罪恶。

再如约翰·卡尔的"密室谋杀"。所谓密室谋杀，是指罪犯在一个完全封闭、看似无法出入的空间环境内所实施的谋杀，往往产生一种独特的惊悚、神秘的效果。高罗佩似乎谙于这一技巧，在大部分卷册都有展示。《红阁子奇案》中的举人李琏和花魁娘子秋月先后"自杀"，显然是一种密室谋杀，因为两人均死在卧室，房门紧锁；而《朝云观奇案》中的前任住持玉镜"讲道时突然仙逝"，也是与密室谋杀不无联系，因为众目睽睽之下，凶手没有任何作案机会。最令人玩味的是《迷宫奇案》中的丁将军被杀案。高罗佩先是在第八章，透过狄公的视角，描述了十分密闭的案发现场：

1　Robert van Gulik. *The Chinese Nail Murders*. The University of Chicago Press, Chicago &London, 1977, p. 200.

狄公迈步跨过书斋门槛，举目环视。书房很大，呈八边形，墙上高处有四扇小窗，窗纸莹白，阳光透过窗纸，漫入室内甚是柔和。窗户上方，有两个小孔，供通风之用，均有栅板相隔。除了窄门，书斋墙上再别无其他开启之处。

　　书斋中央正对门放着一张乌木雕花大书案，只见一人身穿墨绿锦缎便袍软软地伏于书案之上。此人头枕弯曲左臂，右手伸于书案之上，手中握有一红漆竹制狼毫，一顶黑色丝帽掉落于地，灰白长发暴露无遗。[1]

接着，他又借陶干和丁秀才之口，说明了凶手不可能自由进入案发现场的缘由。一是房门乃进入书斋的唯一通道，墙壁、书架上的窗户和挡有栅板的通气孔洞以及窄门，均未见暗道机关；二是丁将军先亲自开锁进入书斋，丁秀才跟着进入下跪请安，其时管家就站在丁秀才身后，直至丁秀才起身，丁将军才将房门合上，而平时书斋房门总是紧锁，唯一的钥匙也由丁将军随身携带。但就是这样一个看似无法破解的密室谋杀案，狄公通过仔细调查和严密推理得出了答案。原来杀死丁将军的是他手上执握的那管珍贵的狼毫。之前凶手将狼毫作为寿礼送给了丁将军，但狼毫内藏有浸透毒液的飞刀，上有弹簧，用松香封住。丁将军初次写字时，自然要烧掉狼毫笔端的毛刺，于是松香受热，弹簧启动，飞刀弹出结果了他的性命。

　　此外，还有盖尔·威廉（Gale Wilhelm, 1908—1991）的"女同性恋描写"，也对高罗佩的狄公案创作产生了较大的影响。尽管小说没有出

1　Robert van Gulik.*The Chinese Maze Murders: a Chinese detective story suggested by three original ancient Chinese plots*.The University of Chicago Press, Chicago, 1997, pp.88-89.

现任何女同性恋侦探，但出现了相关人物和细节描写，而且这些描写往往与案情的发展有关，甚至成为案情侦破的关键。仍以《迷宫奇案》为例。在该书的第二十四章，高罗佩几乎用了整整一章的篇幅来描绘女同性恋李夫人的外貌以及看见黛兰时的异样神态：

> 黛兰看那李夫人，面相周正，但五官略嫌粗大，双眉稍浓……黛兰燃旺灶内余火……顷刻厨房香味扑鼻……然而李夫人只吃了半碗便放下碗筷，将手置于黛兰膝头……角落里有两只水缸，一冷一热……黛兰提起热水缸盖……快速褪去衣裤，舀了几桶热水倒在盆内。待其舀取冷水时，猛地听得身后有异动，旋即转过身去……李夫人边说，边盯着黛兰。黛兰顿时觉得十分惧怕，忙俯身捡取衣裤。李夫人走上前来，霍地从黛兰手中夺走下衣，厉声问道："你怎么又不沐浴了？"黛兰惊得忙赔不是。李夫人猛地将黛兰拽到身边，轻声说道："姑娘何须假正经！你这身段甚是漂亮！"

当然，像盖尔·威廉的《我们也在漂浮》（*We Too Are Drifting*, 1934）一样，高罗佩如此不厌其烦地细述女同性恋性爱的目的是给接下来的情节高潮做铺垫。果真，李夫人求爱不成，便凶相毕露，并丧心病狂地用白玉兰之死来威胁黛兰。只见她将布帘一拉，梳妆台现出白玉兰的血淋淋头颅。正当李夫人的尖刀刺向黛兰之际，窗外跃入了彪形大汉马荣，眨眼工夫他便打落了尖刀，又将李夫人的双手绑定。至此，白玉兰失踪案告破。

立足西方古典式侦探小说创作模式，选择性融入中国古代文化元素，一切以故事情节生动为准则，高罗佩的十六卷"狄公案"就是这样成为早期西方历史侦探小说的成功范例，同时也赢得世界千千万万读者的青睐。

黄禄善

2017年10月26日

黄禄善，上海大学外国语学院教授，上海作家协会会员、上海翻译家协会理事，英国皇家特许语言家学会中国分会副会长。译有《美国的悲剧》等十部英美长篇小说，主编过八套大中小外国文学丛书，其中由长江文艺出版社、花城出版社出版的"世界文学名著典藏"（精装豪华本）近二百卷。

高罗佩·大唐狄公探案年表

狄公职务	案件及编号	高罗佩创作时间
大理卿	广州谜案 ⑭ 柳园图奇案 ⑬ 暮虎奇案 ⑮	1968 1967
北州县令	铁针谜案 ⑫	1966 1965
兰坊县令	除夕疑案 ⑯ 太子棺奇案 ⑯ 紫云寺奇案 ⑪ 迷宫奇案 ⑩	1964 1963
浦阳县令	御珠奇案 ⑨ 项链·葫芦 ⑧ 黑狐奇案 ⑦ 真假宝剑 ⑯ 两个乞丐 ⑯ 红阁子奇案 ⑥ 铜钟谜案 ⑤	1962 1961 1960 1959 1958
汉源县令	莲池奇案 ⑯ 朝云观奇案 ④ 晨猴奇案 ⑮ 湖滨谜案 ③	
蓬莱县令	漆画屏风奇案 ② 古塔奇案 ⑯ 羽箭奇案 ⑯ 五朵祥云 ⑯ 黄金谜案 ①	1952

狄公任职年份

大理卿	681 — 677
北州县令	676 — 674
兰坊县令	672 — 670
浦阳县令	669 — 668
汉源县令	667 — 666
蓬莱县令	663

高罗佩创作时间：1952 1958 1959 1960 1961 1962 1963 1964 1965 1966 1967 1968

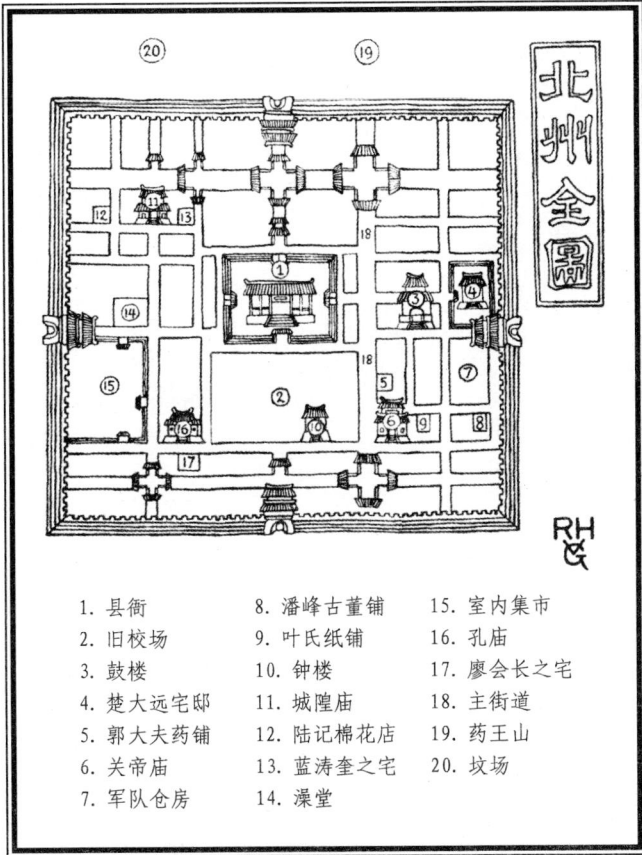

北州全图

1. 县衙	8. 潘峰古董铺	15. 室内集市
2. 旧校场	9. 叶氏纸铺	16. 孔庙
3. 鼓楼	10. 钟楼	17. 廖会长之宅
4. 楚大远宅邸	11. 城隍庙	18. 主街道
5. 郭大夫药铺	12. 陆记棉花店	19. 药王山
6. 关帝庙	13. 蓝涛奎之宅	20. 坟场
7. 军队仓房	14. 澡堂	

书中主要人物

铁针谜案

目录

铁针谜案

· 1 ·

欺恨诈惑滔天浪，法司信步若等闲。

解案有道窄且直，断狱无异生死间。

百思千虑岂可撼，寸心一念费猜详。

胸怀王法求正义，孜孜不畏险阻远。

昨夜我独自坐在花园亭子内，享受着清凉的徐徐晚风。夜色已深，我的妻妾们早已各自回房歇息。

整个晚间我都在书房里埋头用功，忙着让书童从书架上取来所需之书，叫他抄录下我需要的段落。

各位看官，我把自己的空余时光都用来撰写一部关于我们大明朝的犯罪及探案的汇编，并为全书增加了一个附录，收录历代名捕名探的传略。此刻我正在写生活于七百年前，赫赫有名的狄仁杰的内容。在其官场生涯的前半期，即就任县令期间，他破解了大量神秘的刑案，被后世尊称为"狄公"。他是我们历史上的神探。

我吩咐哈欠连天的书童去睡觉，然后给远在北地任北州巡抚师爷的兄长写了封长信。两年前他奉调前去任职，走前将此地邻街上的老宅留给我照看。我在信中告诉他，我发现狄公受封去京城任高职前，北州曾是他担任县令的最后任所，故而我请兄长给我找寻一些当地的档案记录，也许能找到一些狄公在那里破案的有趣资料。我知道兄长会尽其所能，我们兄弟俩一直是很亲近的。

写完长信，我顿觉书房内十分闷热，于是起身信步走进花园。清风徐徐从荷塘吹来。休息前我决定在园子偏僻角落里的小亭子内休息片刻，就在芭蕉树旁。我并不是很想回房休息，不瞒各位，自打最近纳了第三房之后，家里颇有些不和。她是个可爱的妇人，教养也很好。我不明白，我的大房和二房为何一开始就不喜欢她，且每每我与她过夜，她们必定要唠唠叨叨。此前我已答应今晚要到大房处过夜。说实话，我一点也不急着要去她房里。

坐在舒适的竹靠椅里，我轻摇羽扇，凝视着沐浴在银月清冷光芒中的花园。突然间，我看见窄小的后门被人推了开来，我的兄长悄无声息地走了进来。我的惊喜真是难以形容！

我跳起身来，沿着花园小径跑上去迎他。

"什么风把您吹来的？"我叫道，"怎不预先通知我，您要南下？"

花园凉亭惊会兄长（高罗佩　绘）

"我也是临时起意。"兄长回复道，"我不得不走。第一个念头便是过来看你。这么晚来，还望你见谅。"

我热切地抓住他的手臂，引着他来到亭子里。我发现他的袖子又湿又冷。

我请他坐在我的椅子上，我则在对面椅子坐下，用询问的目光看着他。他消瘦了许多，脸色发灰，双眼微微向外凸。

我担心地问道："可能是月光的缘故吧，不过我感觉你病了。从北州一路过来，想来旅途劳顿吧？"

"路途的确很艰难。"兄长平静地说道，"我本希望四天前就能赶到这里，可是一路上雾很大。"他拍掉朴素的白袍子上的干泥巴，接着说道："近来我一直觉得身体不太舒服。这里有灼痛感。"他小心地摸了摸头顶。"一直痛到眼睛后面。还会一阵阵发抖。"

我安慰他道："老家这边炎热的天气会对你有好处的！明天请老郎中过来给您诊一诊。现在给我讲讲北州的情形吧！"

他简明扼要地给我讲了他在那边的情况。看来他与上司巡抚大人处得甚好。不过说到他自己私事时，他看上去忧心忡忡。他说他的大房近来举止古怪，对他的态度也变了，而他却不清楚究竟是何缘故。从他的话里，我知道这事跟他的突然离去有关。他开始剧烈地颤抖起来，于是我不再要他讲下去。显而易见，这问题的细节令他十分难受。

为分散他的注意力，我提起了狄公这个话题，跟他讲了我刚写的那封信的内容。

"啊，的确，"我兄长说道，"在北州，人们流传着一个奇异的传说，说的是狄公担任县令期间破解的三件疑案。因为已经传了数代，人们在茶肆酒坊里讲了又讲，这个故事自然已被添油加醋地修饰了许多。"

我兴奋地说："现在刚过半夜，要是您不太受累，我很想请您给我讲讲这个传说！"

兄长那憔悴的脸痛苦地扭曲着。就在我正要为这不情之请道歉时，他抬起手拦住了。

"你听听这个奇异的故事或许有用，"他严肃地说道，"要是我早点留意的话，或许事情会是另外一个样子了……"

他的声音渐渐低了下去，并用手又一次轻轻地摸了摸头顶，然后接着说道：

"唉，你知道，在狄公那个年代，中土大胜鞑靼人之后，大唐帝国的北疆第一次得以拓展，深入北州以北的平原地区。如今北州乃一人口稠密的富足地区，系北方诸省繁忙的贸易中心。不过，当时的北州仍是个相当偏远的地方，人口稀疏，有许多鞑靼人的混血家族。他们依旧隐秘地施行野蛮而怪异的魔法巫术。再往北去，驻扎着文洛将军的北方大军，保卫大唐帝国免遭鞑靼游牧部落再来侵犯。"

介绍完这些背景，我兄长开始讲述一个不寻常的故事。最后他站起身来，说他得走了。此时，四更已过。

我想要陪他回家，因为他抖得很厉害，粗哑的嗓音变得很微弱，我几乎都听不清他说的话。可他拒绝了。于是我们在花园门口分了手。

我毫无睡意，便回转书房，开始把兄长讲述的奇异故事匆匆记录下来。我放下毛笔，在外面廊内的竹榻上躺下来。其时已经是朝霞满天了。

近午饭时分我才醒来。我吩咐书童把饭菜端至廊内，并吃得津津有味。一想到大房会咋呼着来兴师问罪，我便有些暗暗得意。我会说兄长不期而至，这个理由无可指责，从而可以胜券在握地打断她的唠叨：夜里未去她房里歇宿。如此这般对付完那个不可救药的妇人后，我便会去兄长家中跟他聊聊家常。也许他会告诉我离开北州的确切原因，我也能请他解释一下，他讲给我听的故事中几处不甚明白之处。

不料我刚放下筷子，管家进来禀报，说外面来了位北州的信差。他递给我一封北州巡抚的亲笔信。巡抚在信中遗憾地告诉我，四天前半夜里我兄长突然暴毙。

书斋内，狄公穿着厚厚的毛皮衣，蜷坐在书案后的椅子里。他戴着一顶带耳帽的老皮帽，但仍能感觉到吹进宽敞屋子里的寒气。

他看了看坐在案前凳子上的两名年长的随从，说道：

"这风都从最小的缝隙里吹进来了！"

"大人，这风是从北方的沙漠里直吹过来的。"蓄着稀疏胡子的老者回道，"我叫下人往火盆里多加些炭火。"

他起身快步朝房门走去。狄公皱了皱眉，对另一位说道：

"陶干，这北风似乎对你毫无影响啊。"

那位瘦者把双手往拼接的羊皮袍子的袖子里拢了拢，微笑着说：

"大人，我拖着这副老骨头走南闯北多年，无论天气冷暖干湿，对我都是一回事！况且我有这件鞑靼羊皮袍子，比那些昂贵的毛皮衣服要好得多！"

狄公心想，难得见到有比这更破旧的外套了。不过他清楚，自己这名诡计多端的老随从是十分节俭的。陶干以前是个漂游四方的骗子。九年前狄公任汉源县令时，他帮陶干化解了一个极为尴尬的局面。此后，这骗子便改过自新，要求给狄公当差。自那以后，他对黑道情况的熟谙、对人情世故的洞悉了解，常在追捕狡猾的罪犯时给予狄公很大的帮助。

洪亮从外面进来，身后跟着提一桶装满闪红炭火的衙役。他把炭火倒进书桌边的铜火盆里。洪亮重又坐下，搓了搓瘦削的双手，说道：

"大人，这间书房也太大了！我们以前可从未用过如此大的书房。"

狄公看了看那几根支撑天花板的粗重木柱子，又看了看对面那糊着厚厚油纸的窗户，外面庭院内积雪的白光隐隐透了进来。

"可别忘了，洪亮，"他说，"三年前这个衙门还是我们北军的元帅府。军队将官总喜欢空间宽敞些！"

"元帅他现在待的地方也够大的！"陶干评说道，"再往北三百公里，就是那冰冻三尺的沙漠！"

洪亮道："我觉得吏部的消息滞后。他们派大人来时，显然认为北州仍是大唐的北疆。"

"也许你是对的。"狄公苦笑道，"尚书大人把委任状递给我时，很客气，但有点心不在焉地说道，他相信我会像在兰坊时那样处理蛮夷事宜。实际上，我们离蛮夷的边境尚有四五百公里，中间还有十万雄兵。"

老参军愤然地扯着胡子，随后起身朝房角的茶炉走去。洪亮是狄家老仆，狄公小的时候起便一直由他照料。十二年前，狄公初任汴州判佐时，洪亮不顾自己年迈，坚持要陪在狄公身边。狄公封了他官职，委任其为衙门里的参军。这位老人家对他和狄家忠心耿耿，是他最值得信赖的谋士，他可以毫无保留地和他谈论所有的问题。

狄公感激地接过洪亮递给他的一大杯热茶。他双手焙着茶杯取暖，说道：

"不管怎样，我们都没什么可抱怨的。这里的百姓十分强健，诚实勤劳。我们来此已四月，除日常政务之外，我们只接到几起打架斗殴的案子，而马荣和乔泰便很快将它们处理掉了！再者，我得说，军方处理从北军流窜到本地开小差者等事情时，效率也很高。"他慢慢地捋了捋长胡子。"即便如此，"他继续说道，"十天前还是出了廖姑娘的失踪案。"

陶干接口说："昨天我见过她父亲，廖老行首。他又问及有无廖莲芳的消息。"

狄公放下茶杯，皱着眉头道：

"我们调查了集市，也向本州府所有的军政衙门发去了关于廖小姐形貌等情况的公函。我想能做的我们都已经做了。"

陶干点点头。

"我觉得廖莲芳失踪的案子不值得大动干戈。"他说，"我依旧认为她是跟秘密情郎私奔了。到时候，她自会抱着胖娃娃，与她难为情的丈夫一起回来，恳求老父亲原谅，然后这事就过去了！"

"但要知道，"洪亮说道，"可是她已经订了亲要嫁人的！"

陶干只是冷冷一笑。

狄公说道："我同意，那情形确是很像私奔。她与她的养娘同去集市，站在拥挤的人群中观看鞑靼人耍狗熊。突然，她便失踪了。在人群中是无法绑架一名姑娘的，人们自然会认为她是自愿'走'的。"

远处传来低沉的铜锣声。狄公站起身。

"衙门要升早堂了。"他说，"不论如何，今日我要再看一遍廖姑娘的案卷。有人失踪总是令人心烦的！我宁愿干脆查件凶杀案！"

洪亮帮他穿上官袍。狄公又道："不知马荣和乔泰为何打猎还未归来。"

洪亮回道：

"昨夜他们说了，一清早就要去捉那匹狼，会赶在升早堂前回来。"

狄公叹了口气，脱下暖和的皮帽，戴上黑纱官帽。他正要朝门口走去，班头走了进来，急促地禀报说：

"大人，众百姓群情激动！今晨在城南一名妇人被残杀了！"

狄公停住脚步，转向洪亮，严肃地说：

"洪亮，我刚才所讲的话实在愚蠢之极！人切不可轻言谋杀。"

陶干面露忧色，道：

"希望那被杀的妇人不是廖莲芳姑娘！"

狄公一言不发。在穿过连接内室和公堂后门的走廊时，他问班头："可曾见到马荣和乔泰？"

"大人，他们刚刚回来。"班头回道，"集市守卫刚才冲进衙门来报告，有人在一家酒馆大打出手。因为他迫切需要增援，他们俩便策马随他去了。"

狄公点了点头。

他推开门，拉开门帘，步入公堂。

往衙门诉告杀妻案
至现场勘查透疑云

台上，狄公在公案后坐定；台下，百余名百姓挤满了公堂。

六名衙役三人一组，分为两列站在案前，班头站立于一旁。洪亮已在狄公椅背后的老位置站定，陶干则站在公案一侧，靠近一张低矮的案桌。年长的书吏正在摆放毛笔。

狄公正待拿起惊堂木，公堂入口走来两人，皆身穿整洁皮袍。他们挤过人群，一些人还向他问着什么。狄公向班头示意，班头很快穿过人群，把刚到的两人领至公案前。狄公将惊堂木在案上重重一拍。

"肃静！"他高声喝道。

一时间，公堂上鸦雀无声，所有人都望着跪在案前砖地上的两人。年长些的，身材瘦削，留着尖尖的白胡子，脸色憔悴而枯槁；另一人则体格魁梧，长着一张圆阔的脸，多肉的下巴四周留着稀疏的络腮胡。

狄公宣道："北州衙门晨班升堂。本衙点卯。"

待职司人等照例应了名，狄公在座上俯身向前，问道：

"何人向本衙申告？"

那年长些的恭敬回道："小人乃纸商叶平。边上的乃兄弟叶泰，在店内帮衬。我等向大人报案，妹夫古董商潘峰残杀其妻，恳求大人……"

"那潘峰何在？"狄公打断他。

"禀大人，他于昨日逃城而去，但我们请求……"

"一切从头讲来！"狄公打断他，"先讲凶案是何时发生及如何被发现的！"

叶平开始陈述："今天一大早，我兄弟去潘家。他一直敲门，却无人应答。他担心发生了什么意外，因为这个时间潘峰和妻子总是在家的，故而他急忙跑回家去……"

"停！"狄公插话问道，"他为何不先向左邻右舍打听一下潘峰夫妇是否出门？"

叶平答道："回大人，他们家在一条十分偏僻的街上，潘家两旁的房舍均是空宅。"

"讲下去！"狄公命令道。

"我俩一起回到潘家，"叶平继续讲道，"那儿离我家只隔两条街。我们敲门并大声叫喊，可仍无人应门。因我对那地方熟悉，便快速绕过房屋。我们爬过墙，进到后宅。卧房的两扇格栅窗是开着的，我站到兄弟肩上朝里看，我看见……"

叶氏兄弟衙门报凶案（高罗佩　绘）

叶平的声音因情绪激动而哽住了。天虽寒冷，他的眉头上却滴下汗来。他尽力把持住自己，继续讲道：

"大人，我瞧见我妹子赤身躺在炕上，靠着墙，满身是血。我惊叫一声，双手松开了铁格栅窗，摔倒在地上。我兄弟扶我起来，然后我们飞奔去里正家……"

狄公一拍惊堂木。

他生气地喝道："原告冷静，讲得再条理清楚些！从窗户见你妹子满身是鲜血，你如何知晓她已死了？"

叶平并未回答，全身因抽泣而剧烈的颤抖。他猛然抬起头。

"大……大人，"他结结巴巴地说道，"那身体没有头！"

挤满人的公堂上顿时一阵死寂。

狄公往椅后一靠，慢慢捋了捋长须，说道：

"请讲下去。你刚才说到你们去见了里正。"

叶平用较为平静的声音继续说道："我们在街角碰见了他。我向他报告了所见之事，并且担心潘峰可能也已遇害，故而请求把门砸开。没想到高里正说，昨日中午时他见过潘峰身背一皮囊快步走在街上。我们真是怒不可遏！潘峰说要离开北州城几日。"

"大人，那恶魔杀了我妹子逃走了！恳请大人抓住那万恶的凶手，给我妹子报仇！"

"高里正何在？"狄公问道。

"大人，我们求他陪我们一同来衙门。"叶平哭诉道，"可他拒绝了，说是他得守着房子，以确保没人去捣乱。"

狄公点点头，低声对洪亮道：

"这个里正总算知道该做些什么。"他对叶平说:

"书吏现在将你们的控告念出来,如记录正确无误,你们兄弟就在上面按下手印。"

年长的书吏把记录宣读一遍,叶氏兄弟称其无误,便在上面按上手印。狄公发话:

"我即刻带手下前去案发现场,你和你兄弟也一同前往。不过去之前,你们先向书吏详细描述下潘峰的样貌,以便行文军民有司予以通缉。潘峰仅逃走了一晚,且路况甚是糟糕,我确信很快就能将其捕获。请相信,本县会将杀你妹子的凶手绳之以法。"

狄公又将惊堂木一拍,宣布退堂。

回到内书房,狄公走到铜炉边。他边在炉火上暖手,边对洪亮、陶干道:

"我们在此等候,等叶平对潘峰的描述。"

洪亮说道:"那被割下的头真是蹊跷。"

"由于室内光线昏暗,也许叶平并未看清楚,"陶干接口说,"那妇人的头或许被被角遮住也未可知。"

狄公道:"我们看看到底发生了什么事。"

说着,书吏手拿对潘峰的详细描述记录走了进来。狄公迅速写出布告,并给最近的都督长官起草了一份便函。他命令书吏:"即刻去办,不得有误!"

狄公的大轿在外面天井备办停当。狄公上了轿,请洪亮与陶干一起坐了进去。八名轿夫,前四个,后四个,把轿杠抬在肩上,迈着有节奏的步子出发。两名衙役骑马在前开道,班头同另外四名衙役跟在轿后。

他们来到南北向的北州正街，前面的衙役敲着小铜锣高声叫着："回避！让道！县令大人驾到！"

正街两侧店铺林立，行人甚多。待队伍通过时，行人恭敬地让在两旁。

他们从关帝庙前经过，拐了几个弯，来到一条笔直的长街。街左侧为一排有格栅小窗的堆栈，右侧则是长长的高墙，每隔一段，墙上便有一扇窄门。狄公一行人在第三扇门前停下，有一小群人已站在那里候着。

轿夫们落下轿。一名脸面宽、长相精明的男子走上前来，自称是负责东南区的高里正。他恭敬地扶着狄公下轿。

狄公朝街两头看了看，说道：

"此处可是相当荒僻啊！"

里正答道："前些年北军在此驻扎时，街那头的堆栈用来储放军需物资，这头有八个住宅区，供军官们居住。现今堆栈空关着，而军官们撤空的宅院仅搬进来几户人家，潘峰夫妻便在其中。"

陶干高声说道："天晓得，一名古董商为何会选中如此偏僻的地段居住？此地连一块豆饼都卖不出去，更不用说值钱的古董了！"

"的确如此。"狄公说道，"里正可知内情？"

"回大人，潘峰常把货物带去客户家中。"高里正回道。

街上刮过一股冷风。

"领我等进去吧！"狄公不耐烦地命令道。

众人首先看到的是一个空荡荡的大天井，四周是几间平房。

里正解释道："此处三间屋子为一进。这中间一屋住着潘家，其余两间已空了一些时候了。"

他们径直穿过天井进入大厅，厅内零星地摆放着几把廉价的木椅和几张桌子。里正领众人穿过另一座更小的天井。天井中央有一口井及一张石凳。里正指着对面的三扇门说道：

"中间为卧室，左边是潘峰的作坊，那后面是厨房，右边则是储藏室。"

见卧房门敞开着，狄公迅即问道：

"何人进去过？"

里正回道："大人，没人进去过。我等砸开大门后，便不让手下人进到比这天井更里处，这样犯罪现场才能保持原样。"

狄公点头赞许。进了卧室，他看到左侧几乎完全被大炕占去，炕上是一床厚实的被子。一妇人赤裸着躺在上面。尸身仰卧着，双手被绑在身前，双腿僵硬地朝外伸着。颈部断口撕裂处呈不规则状，尸体及被子上沾满了血迹。

狄公飞快地把目光移开，以免再看到这令人作呕的景象。两扇窗户间紧靠后墙有张梳妆台，一条毛巾就挂在镜子上，在冷风里摆动着。

"进来，把门关上。"狄公对洪亮和陶干命令道。他接着命令高里正："在门外守着，不得让人打搅我们！叶氏兄弟过来后叫他们在厅内等候。"

里正带上门走了出去，狄公开始察看房内各处。炕对面靠墙堆放着四只常见的大红皮衣箱，放置四季的衣物。旁边墙角放着张小红漆桌子、两张凳子。除此之外，房内便再无他物。

他不自觉地把目光移回到死尸上。然后，他说道：

"我没有看到受害人丢弃的衣服。陶干，查查那些衣箱！"

陶干打开最上面的一只，说道：

"大人，此箱内只有叠得整整齐齐的衣服。"

狄公粗声命令道："把四只箱子都查一下！洪亮帮着一起找。"

两人开始忙碌起来。狄公则站在卧房中央，慢慢捋着胡子。由于门已关上，毛巾在镜子上垂了下来。他注意到，毛巾上也沾着血迹。他想起来，许多人认为看到镜子中反照的尸体会倒霉。显然凶手也是此类人。陶干叫了一声，他急忙转过身去。

"我在倒数第二只箱子的暗格内找到了这些珠宝！"陶干一边说，一边给狄公看两只漂亮的镶着红宝石的金手镯以及六根足金发簪。

"呵，"狄公道，"我想古董商有机会买到那些便宜东西。把它们放回原处，这房间得封起来。我对失踪的衣物比对这里的珠宝更感兴趣！我们去察看一下储藏室。"

看到室内堆满大大小小的包装箱，狄公说道：

"陶干，你把那些箱子都查一遍！记住，除衣服外，我们还要寻找不见了的头！我和洪亮去作坊再看看。"

潘峰小作坊里，靠墙摆着一排排架子，上面放着各式各样的碗、玉器、雕像及其他小件古董。房中央的方桌上堆满了瓶子、书和各种尺寸的毛笔。

狄公示意洪亮打开大衣箱。衣箱里面只有男人的衣物。

狄公拉开桌子的抽屉，检视着里面的东西。"看！"他指着几扎旧账单间散放着的银子，说道"潘峰离去时十分仓促！他既未带珠宝也未带银钱！"

他们又察看了厨房，但未发现有用的东西。

陶干走进来，边拍着袍子边说道：

"那些箱子里有大花瓶、铜器等古董。每样均沾满灰尘，很明显，至少有一个星期左右没人去过房里了。"

狄公一边困惑地看着两位随从，一边慢慢地捋着胡子。

最后他说道："这情形很有意思。"他转身离开屋子，两名随从紧随其后。

高里正以及班头和叶氏兄弟正在厅内等候着。

他们向狄公躬身施礼，狄公点头致意，然后命令班头：

"命两人拿抓钩在那口井内打捞。另取一副担架及毯子，将尸体抬回衙门；然后将三间后房封起来，留两人看守待命。"

他叫叶氏兄弟坐到桌前，洪亮和陶干则在靠墙的凳子上坐下。

"你妹子确实被杀了。"狄公严肃地对叶平说道，"被割下的头不知所踪。"

叶平叫道："潘峰那恶魔把头带走了！高里正看见他提着一只皮袋，里面装着一圆形物件！"

"你如何遇见潘峰，他说了些什么，详细道来！"狄公对里正命令道。

"我遇见潘峰时，他正急匆匆往西走，"里正回道，"我问他，'潘掌柜，何事如此匆忙？'他甚至都未停下来讲些客套话，仅咕哝几句，说是要出城几日，然后便擦身而去。尽管未穿皮袍子，他却脸色发红。他右手提着一只皮袋，里面装着鼓鼓囊囊的物件。"

狄公思忖了一会，问叶平：

"你妹子可曾跟你讲过潘峰虐待她？"

"呃，"叶平迟疑了一下，回道，"大人，实话跟您讲，我一直认为他们过得甚是和睦。潘峰是个鳏夫，比她年长得多，有个成年儿子在京城做活计。两年前，他和我妹子成婚。我一直认为他是个相当不错的人，尽管有些沉闷，且老是抱怨自己身体不好。这个聪明的恶魔必定一直在糊弄我们！"

"他从未骗过我！"叶泰突然脱口插话道，"他是个卑鄙讨厌的人……我妹子常说遭他殴打！"

叶泰松弛的脸颊气得一鼓一鼓的。

"你为何从未跟我提起？"叶平吃惊地问道。

"我不想让你担心。"叶泰闷声答道，"可现在我要全部讲出来，我们会抓住那狗头的！"

狄公打断他，问道："今日一早你为何去找你妹子？"

叶泰犹豫了一会，然后回答道：

"噢，我只想去看看她过得怎样。"

狄公站起身。

"到衙门再听你详细说。你所讲的要记录在案。"狄公简短吩咐道，"现在我们返回衙门，你们两人也一起去，验尸时要在场。"

高里正及叶氏兄弟引着狄公上了官轿。

当他们又从正街上经过时，一名衙役骑马来到狄公轿窗旁，用马鞭指着一处店面说道：

"大人，那便是仵作郭大夫的药房。小人是否通知他去衙门？"

狄公看到，店面不大，但却齐整。店招上写着两个大字"桂园"，字写得甚好。

"我亲自跟他讲。"狄公说着，便下了轿。随后，他又对两名随从说："我总是喜欢在药房看看。你们在外面候着吧，店铺不大。"

狄公推开门，扑面而来一股草药的芳香气味，甚是和顺。一个驼背站在柜台后，正用一把很大的刀专心地切着一种干枯的植物。

见是狄公，他立刻从柜台后出来，深深鞠了一躬。

"小人药师郭大夫。"他用令人惊讶的低沉而圆润的嗓音说道。

他身高仅四尺，却有着非常宽厚的肩膀，大脑袋，头发长而凌乱，双眼出奇得大。

"我一直没有机会叫你去验尸，"狄公说道，"不过早已听说了你的医术，便借此机会进来看看。你可能也听说了，有一名妇人在东南区被杀了，我要你去衙门验尸。"

"大人，我即刻便去。"郭大夫说。看着架子上堆放着的瓶瓶罐罐及一堆堆的干药草，他又带着歉意说道："大人，小店破旧，凌乱得很！"

"恰恰相反，"狄公友善地说道，"我觉得一切都井井有条。"在偌大的黑漆药柜前，他看见刻在抽屉上的白色药名，字体清秀。"你这里的药物十分齐全，我看到你甚至有月亮草。那可是十分稀有的。"

郭大夫热情地拉开狄公提到的那个抽屉，从中取出一块包着的薄干根，并小心地打开纸包。狄公注意到，他的手指纤长而灵巧。郭大夫道：

"此种药草只在北门外的高崖上生长，故而此地百姓称那山崖为药王山。我们在冬季时去采摘，在雪下。"

狄公点点头。"冬天时，它的药效最佳。"他说道，"此时所有的汁液均集于根部。"

"大人精于药道！"郭大夫说道，十分惊讶。

狄公耸耸肩。

"我爱读些古时的药书。"狄公说道。他觉得有东西在脚边移动，低头一看，是一只小白猫。小猫一瘸一拐地走开，开始用背蹭郭大夫的腿。郭大夫小心地抱起白猫，说道：

"我在街头发现了它，断着一条腿。我给它上了石膏，可惜接得不甚好。我应该请拳师蓝涛奎来治，他的接骨术很高明。"

狄公道："我手下跟我说起过他。据他们所言，他是他们见过的最棒的拳师和摔跤手。"

"大人，他是个好人。"郭大夫说道，"像他那样的人可不多。"

他叹了口气，把猫放了下来。

店后的蓝色门帘被拉到一侧，一位瘦长的妇人托着茶盘走了进来。她躬着身，优雅地给狄公敬茶。狄公注意到她有着一张端正、仔细修饰过的脸，脸虽未施粉黛，却似纯白玉般光滑洁白。她的头发简单地盘成三圈。身后跟着四只大猫。

狄公道："我在衙门见过你。听说你把女牢管理得井井有条。"

郭夫人又躬身回道：

"大人过奖了。牢内无甚大事，除了时不时会有从北边漂流来的女随营外，狱内空无一人。"

狄公惊讶于她那矜持而又十分礼貌的说话模样，心下颇喜。

狄公啜饮着上等茉莉花茶之际，郭夫人仔细地为丈夫披上一件皮毛大氅。在为他系围巾时，狄公留意到她看丈夫时那深情的目光。

在看到冰冷的谋杀现场那令人作呕的景象后，这家小店平和的氛围、四处散发着甜甜药草的芳香，实在是令人愉悦的调剂。他着实不愿离去。狄公不无遗憾地吁了口气，放下茶杯道：

"我得告辞了！"

他走到外面，上轿打道回衙。

在内书房里，洪亮和陶干忙着侍弄屋角的茶炉，狄公见书吏正在等着他，于是走到书案后坐下。书吏恭敬地站在一侧，将一叠文书放在桌上。

"叫总管来！"狄公边命令，一边开始翻看文书。

待总管进来，狄公抬头吩咐："班头不一刻会把叶氏的尸体带至衙内。不许闲杂人等围观，验尸也不公开进行。叫你手下在此处偏厅帮郭大夫打点准备一切；命衙役除衙内人员、死者的两兄弟及南区里正外，不许放进任何人。"

洪亮给狄公递上一杯热茶。啜饮了几口，狄公淡淡笑道：

"我们的茶比方才在郭家药房喝的茉莉花差远了。这郭氏夫妇看着虽不甚般配，却感觉很幸福！"

"郭夫人原是寡妇。"陶干说道,"我记得其前夫是此处的肉贩王屠,四年前一番狂饮后死去。我得说那妇人真是幸运,听说王屠乃是一卑劣放荡的家伙。"

"确实如此。"书吏补充道,"王屠还在市场后的窑子里欠了一屁股债。他的寡妻卖掉店铺及店里的所有,却只够偿还别处的债务,因此窑子老板硬要她卖身为奴来偿债。不过之后老郭插手此事,付了钱,并同她结了亲。"

狄公在面前的文书上盖上了衙门大印,然后抬头说道:

"她似乎是个很有教养的女人!"

"大人,她跟老郭学了许多药理和医道。"书吏道,"现在她是个医术高明的女大夫了。起初,因她已为人妇,人们对她随意抛头露面看不惯。不过现今人们则非常乐意,因为她医治女病人比较方便,而男医生只能给妇人把脉治病。"

狄公将文书递与书吏,道:"我很高兴她还是女牢头。通常那些女犯都是些可鄙的恶妇,为防止她们虐待及欺骗同狱中人,必须好好地管教她们。"

书吏打开门站到了一边,让马荣和乔泰两人先进来。两人身高肩阔,穿着厚厚的皮骑射服,头戴有耳盖皮帽,他们是狄公的另两名随从。

狄公热切地看着他们大步走进来。早前两人曾为劫匪,被人们委婉地称为"绿林兄弟"。十二年前,狄公第一次履任县令时,他们在一条偏僻小径上袭击了他。他们被狄公那坚毅无畏的人品所折服,便当即脱离了打家劫舍的生活,在狄公手下效力。之后的几年里,这身强体壮的两人证明自己在拘捕危险罪犯、完成其他艰难风险任务上作用很大。

"出了何事？"狄公问马荣。

马荣边松开围脖，边咧嘴笑着回道：

"小事情，大人！两帮人在酒店争吵。我和乔兄弟赶到时，他们正要动刀斗架。我们俩只稍稍拍了拍他们的脑袋瓜，他们很快便都老老实实回家去了。我们把四个领头的带回来了。大人若准许，可以让他们在牢里待上一夜。"

狄公道："准许。顺便问一下，你俩可曾抓到农夫们投诉的那只狼？"

"大人，抓住了。"马荣回道，"那可真是一场大追猎！我们的朋友楚大远先发现了那家伙，一只大畜生。可当他慢慢将箭上弦时，乔泰已一箭直射中那只狼的咽喉。大人，他射得真准！"

"楚大远故意慢慢摸箭，给了我机会！"乔泰淡淡一笑，说道，"我不知他为何没射出那一箭。他可是射箭高手！"

"况且他每日勤练。"马荣补充道，"你可以看见他每日对着用雪堆成的真人大小的目标练习。他边策马驰骋边施射，几乎箭箭射中头部！"马荣赞叹道。接着他又问道："大人，人们都在议论的那件凶案怎样了？"

狄公脸色一沉，说道："那是件令人作呕的凶案。你们去侧厅瞧瞧，我们可否开始验尸了。"

马荣和乔泰回来报说一切就绪，狄公便起身去到侧厅，洪亮与陶干紧随在后。

班头与两名衙役站在一张高桌旁候着。狄公在桌后坐下，四名随从在对面墙边排开。狄公注意到，叶平兄弟与高里正一起站在墙角。三人躬身施礼，狄公点了点头，然后向郭大夫示意开始。

桌子前面的空地上，郭大夫揭开盖在芦席上的被子。狄公一天里第二次察看那具无头尸。他叹了口气，拿起毛笔在公文上边写边高声念道："叶氏之尸，娘家姓叶，年龄？"

"三十二岁。"叶平哽咽着说道，他的脸色死一般苍白。

"开始验尸！"狄公下令。

郭大夫将布浸在身边铜盆内的热水里，开始擦湿女尸的手。他小心地松开绳子，试着移动尸臂，但那手臂却十分僵硬。他将银戒指从右手上脱下，将其放在一张纸上。然后他仔细地擦洗尸身，一寸一寸地察看。过了很长时间后，郭大夫将尸体翻过来，将背上的血迹也一一洗去。

与此同时，洪亮迅速地将所了解的凶案情况一一道与马荣和乔泰听，声音很低，马荣屏住了呼吸。

"看到背上那些鞭痕了吗？"他愤愤地对乔泰嘀咕道，"等我抓到那恶魔，看我怎么收拾他！"

郭大夫花了很长时间察看颈口伤痕，最后终于站起身来报告说：

"此系一已婚妇女尸体，皮肤光滑，无生育斑或旧伤疤。身上无伤口，但手腕有被绳子捆绑的伤痕，胸部及上臂有瘀伤，背部及臀部有伤痕，显为鞭打所致。"

郭大夫停了片刻，让书吏记录下那些细节，然后继续道："颈部伤口系大刀所致，我猜测应是厨中所用的切肉刀。"

狄公愤怒地抓着胡子。他命书吏将郭大夫的尸格读出，然后让郭大夫在上面按上指印。狄公命他将戒指交与叶平。叶平好奇地看了一眼，然后道：

"红宝石不见了！我敢肯定，前日我见到妹子时它还在上面的！"

"你妹子不戴其他戒指吗？"狄公问。

叶平摇摇头。狄公继续道："叶平，现在你可将尸体领回，将其临时殓入棺木内。被割去的头尚未找到，既不在屋内也不在井里。我保证，我将尽力抓住凶犯，并找到尸头，到时一同入殓安葬。"

叶氏兄弟默默鞠躬致谢。狄公起身回到内书房，四名随从跟在其后。

进到宽敞的书房，尽管身穿厚实毛皮衣，狄公仍冷得发抖。他对马荣厉声道：

"在炉内多加些炭！"

马荣忙碌着，众人坐了下来。狄公慢慢地捋着长髯，坐在那里默不作声。马荣落座后，陶干开口说道：

"这件凶案确有一些奇怪之处！"

"我看只有一个，"马荣低沉怒道，"那便是把那恶魔潘峰抓到！那般残杀自己的妻子，而且是那样一个好身材的少妇！"

狄公沉思着，未曾听到他的话。突然，狄公大声怒道：

"此种情形实无可能！"

他猛地站起身来，在房里来回踱步，继续说道："我们找到被剥去衣服的女尸，却找不到她的一件衣物，甚至一只鞋子。她曾被绑，被虐待，被割去了头，却无一丝搏斗的痕迹！怀疑其丈夫杀了她，然后仔细包起割下的头及妇人的衣物，整理好房间后逃逸，却又将其妻值钱的珠宝及银钱留在抽屉里。你们可注意到这些！嗯，你们对此做何感想？"

洪亮说道：

"大人，可能还牵涉有第三个人！"

狄公停了下来，重新在案后坐下，目不转睛地看着几名随从。乔泰点了点头，说道：

"即便此人强壮如刽子手，用的是大法刀，有时砍下罪犯的头来还是会有困难的。而我听说潘峰不过一体弱老者，他是如何割下妻子的头的呢？"

"也许，"陶干道，"潘峰见到凶手在屋内，吓得如兔子般逃去，把一应财物留在了家里。"

狄公说道："你等所言甚是有理。不论如何，我们得尽快抓住潘峰！"

"并且得活捉他！"陶干意味深长地加了一句，"要是我推断得不错，凶手会紧追其后！"

突然门被推开，一名瘦削老者急匆匆地走了进来。狄公吃惊地看着他问道："管家，你如何来了？"

"老爷，"老管家道，"有位信差从并州太原骑马而来。夫人请你回去，有事相商。"

狄公站起身，对几位随从道：

"傍晚再来此见我，我们一起去赴楚大远的晚宴。"

他略一点头，便带着管家离开了房间。

狄公冒寒亲赴猎宴
骑兵雪夜巧遇疑凶

天黑后不久，六名衙役手提油纸灯笼在衙内候着。班头见他们跺脚取暖，便咧嘴道：

"兄弟们不必担心受冻！你们可知道楚大远是何等的大方，他会安排我等在那边厨中饱餐一顿的！"

"他也不会忘记给酒喝！"一名年轻衙役满足地说道。

一应人等肃然立正。狄公走出门来，身后跟着四名随从。班头喊来轿夫，狄公与洪亮及陶干一同上了轿。马夫给马荣和乔泰牵来了坐骑，乔泰道：

"大人，顺路我们要去接上蓝涛奎师父。"

狄公点了点头，轿夫们便迈开大步出发了。

狄公往后靠在靠垫上，说道：

"并州太原来的信差带来了让人烦恼的坏消息。我大夫人之母病入膏肓，大夫人决定明天动身。我的二夫人、三夫人及孩子们要陪她同往。这个季节出门，路途上着实不易，可也无法可想。老夫人现已七十有余，我夫人担心得紧。"

洪亮和陶干安慰了几句。狄公谢过，接着道：

"今晚去赴楚大远的宴席甚不凑巧。侍卫们正将三辆马车赶至衙门去送我家人，我真应该留在那里照应，督促他们打点装运行李物品。可楚大远乃本地头面人物，我不能临时爽约，令他失了面子。"

洪亮点了点头，说道：

"马荣告诉我楚大远已在楚宅大厅备下盛宴。他是个好客之人，马荣和乔泰十分喜欢他安排的狩猎——更不用说还要畅饮一番了！"

"我弄不清他为何能如此乐天，"陶干说道，"要知道，他可是要跟八个妻妾和平共处啊！"

"喔，"狄公责备道，"你知道他膝下无子。不能得子续楚家香火，他心下一定十分忧虑。他是个极爱运动之人，我以为他养着一群妻妾可不光为取乐。"

"楚大远家财万贯，"洪亮颇为理性地说，"可世上有金钱买不到的东西！"停了一会他又道："大人的妻小全都离去后，我担心今后一段日子大人会很寂寞。"

狄公答道："那件凶杀案在衙内挂着，我不会有很多时间牵挂家人的。他们去后，我将吃住在衙门内。洪亮，切莫忘了通知管家！"

他朝轿窗外望去，冬夜星空下隐约可见鼓楼的黑影。

"我们马上要到了。"他说道。

轿夫们在一扇雄伟的大宅门前落轿。高高的朱漆大门敞开着，一名身材魁梧、身穿名贵紫貂皮衣的人走上前来搀扶狄公下轿，此人正是楚大远。他宽宽的脸庞，脸色红润，黑胡子修得整整齐齐。

楚大远见过狄公，另两人也上前躬身请安。狄公有些惊诧，认出脸面瘦削、留着灰白山羊胡的是行会廖行首。他想宴席间廖老头肯定会问及寻找他女儿的进展。站在廖行首身边的年轻人叫于康，楚大远的账房。看到他脸色苍白、神情紧张，狄公清楚他也必定会问及他未婚妻的消息。

楚大远没有将他们领到宅内大厅，而是带去南翼的一个露台。狄公更觉诧异。

楚大远大声地解释道："我原先想在厅内为大人设宴，可我等乃北方粗民，此处厨艺万万无法与大人在家中所享用的相比。我想大人会喜欢在户外用上一顿真正的猎宴。各位都知道，烤肉加上粗酒，仅是乡下饭菜，但希望还有些味道。"

狄公客气了一番，但私底下却觉得这是楚大远最糟的主意了。风虽已平息，高大的毛毡屏风围在露台四周，但依然十分寒冷。狄公冻得发抖，喉咙觉得有些疼痛。他想，早上在潘家时一定是着凉了，心里更加希望能在温暖的大厅里舒舒服服地用餐。

露台由无数火炬照明，那跃动的光照在四张桌子拼成的大方台上。支架上搁着厚木板，中央矗立着一只巨大的铜炉，炉中堆满闪着红光的炭。三名仆役围站在炉边，烤着长铁叉上的肉块。

楚大远请狄公在桌子上座的折椅上落座，坐在他与廖行首之间。洪亮及陶干则被安排坐在右边的桌子，楚大远的账房于康作陪，对面坐着两名老者。楚大远介绍，这两位分别是纸商及酒商行会的行首。马荣、乔泰与拳师蓝涛奎一起，坐在正对着狄公的那一桌。

狄公饶有兴味地打量着这位技压北方诸省好汉的名拳师。为避免在较技时为须发所累，蓝师傅特意将头发全部剃掉。火炬的亮光照在他剃得精光的头和脸上。狄公从马荣和乔泰讲得十分起劲的故事中早已知晓，蓝涛奎全身心习练武艺，从未婚娶，过着极为简朴的生活。狄公边与楚大远说着客套话，边想着马荣和乔泰能在北州交上楚大远和蓝涛奎这般意气相投的朋友，心中甚是快慰。

楚大远敬了狄公一杯，狄公还敬一杯，但那粗劣的烧酒令他发痛的喉咙更不舒服。

品尝烤肉的间隙，楚大远问起了凶杀案，狄公约略讲了讲。吃下的肥肉令他十分反胃。狄公试着想要夹些蔬菜，却发现跟其他人一样，戴着手套难以用筷子。他不耐烦地脱下了手套，可不久手指便冻僵了，吃东西更加麻烦。

"那凶案，"楚大远用粗哑的嗓音低声问道，"令廖行首十分不安。他担心女儿莲芳可能遭受到相似的厄运。大人，可否安慰他几句？"

狄公与廖行首讲了几句，说已努力设法去寻找他女儿。不料这些话反而勾起了花白胡子廖行首的话头，说了一大通自己女儿的贤淑品德。狄公对老人家甚表同情，不过他已在衙门听过好多关于他的情况介绍了。他的头疼痛得厉害，脸上虽尽量显得热情，但后背及双腿早已冻得冰冷。他郁郁不乐地思忖着，在这样的天气里，妻儿们的旅程是否会很不舒适。

楚大远又转向狄公，说道：

"不论是死是活，我真希望大人能找到那姑娘。我的账房为了她忧虑至极。当然，我很理解他，因她是他的未婚妻，一个不错的姑娘。可您知道，我家宅内有许多事要做，而近来这家伙真是一直未派上什么用场！"

楚大远对着狄公耳语，酒蒜气味包围着狄公。狄公突然觉得极不舒服，喃喃言道，已尽一切可能去寻找廖姑娘了，然后起身说要告退一会。

楚大远示意仆人，一名仆人提着灯笼领狄公进了屋。他们穿过几条昏暗的迷宫般的走廊，来到一座小院子，院子后边是一排厕所。狄公迅速进了其中一间。

他出来时，另一名仆人端着一铜盆热水正在等他。狄公用热毛巾擦了擦脸及颈脖，感觉舒服了些。

"你不用等着了！"他对仆人道，"我认得出去的路。"他开始在月光映照着的院子里来回踱步。此处非常安静，狄公想，他定是在大宅后的什么地方。

过了一会，他决定重新到宴席去。可是那些走廊漆黑一片，他很快便迷失了方向。他击了下掌想唤来仆人，可无人应答。显然所有的用人都去露台那儿伺候用餐了。

狄公朝前看了看，瞧见有一丝微弱的光亮。他小心地走过去，来到一扇敞开着的门前。门外边是一座小花园，四周围着高高的木栅栏。除了远处靠近后门的角落里长着一些灌木，花园里空荡荡的。灌木枝被一层厚厚的冻雪压得下弯着。望着这花园，狄公突然觉得有些害怕。"我一定是生病了！"他嘀咕道，"在这平静的后花园有何可害怕的？"他强迫自己走下木台阶，穿过花园来到后门。此刻，他只听到靴底下踩着积雪发出的声响。不知为何，他确确实实觉得十分害怕，好似有一种神秘的威胁笼罩在他身上。他不由自主地停下脚步，朝四下张望。他的心跳仿佛停止了。一个奇怪的白色人影一动不动地坐在灌木丛下。

狄公站在那儿，一动不动，惊惧地盯着那人影。接着，他松了口气。那是个雪人，堆成真人般大小的和尚模样，盘着腿背靠栅栏，在打坐冥想。

狄公想笑，但笑容却僵在他嘴唇上。充当雪人双眼的两块黑炭不见了，空空的眼窝邪恶地紧盯着他。雪人身上散发出一种令人压抑的死亡与腐朽的氛围。

狄公突然恐慌起来，转身飞快地走回屋内，上台阶时还不小心绊了一下，弄伤了小腿。他摸着昏暗走廊的墙壁尽可能快地往前走去。

转过两个弯后，他碰上了一名手提灯笼的仆人，由他引导着回到露台。

宾客们都兴致很高，正在纵情地高唱着打猎歌。楚大远用筷子打着节拍。看到狄公，他迅速站起身来，不安地说道：

"大人您看上去不太舒服啊！"

"我一定是得了重感冒。"狄公勉强挤出个微笑回答道，"想想看，你后院里堆着的一个雪人把我吓了一大跳！"

楚大远大笑起来。

"我会关照用人们，叫他们的孩子只许堆些滑稽的雪人！"
他说道，"来，大人再喝上一杯便会好些。"

管家突然来到露台，身后跟着一名矮胖男子。那人戴着尖顶
的帽盔，身穿短打铠甲和宽松皮裤，是一名巡骑兵士。他在狄公
面前立正，口齿清楚地禀报道：

"启禀大人，我们巡逻队在五羊村南十八里、大路东六里路
处逮住了潘峰。刚才我已将他押送至衙门交给了牢头。"

"干得好！"狄公高声道。他随即对楚大远道："非常失
礼，不过现在我得告辞去查问此事，但我不希望打断这美妙的宴
席，我只带洪参军同去。"

楚大远及其他宾客将狄公送至前院，狄公再次为离去而深表
歉意，然后与主人辞别。

"职责当先！"楚大远发自内心道，"我很高兴那恶棍已被
擒获！"

回到衙门，狄公肃声命令洪亮道：

"传牢头前来！"

牢头来到，给狄公施礼。

"你在犯人身上找到什么没有？"狄公问他。

"大人，他身上未带武器，只有通关证及一些零钱。"

"他身边也没有一只皮囊？"

"没有，大人。"

狄公点了点头，命牢头带路一起去牢房。

牢头打开一间小牢房的铁门，提起灯笼。坐在长凳上的男子

站起身来，身上沉重的镣铐发出了哐当声。狄公思忖，打眼一看，潘峰是一个没有恶意的老者。他长着圆圆的脑袋，一头乱蓬蓬的灰发，蓄着长须。他的左脸颊上有一道红色的鞭痕，使得整个脸看上去变了形。潘峰并不像其他很多人常见的那样喊冤，而是一言不发，恭敬地看着狄公。

狄公将双手拢在宽大的袖子里，厉声道：

"潘峰，有人来衙门来告发你犯了重罪！"

潘峰叹气道：

"大人，我很容易便能猜想出了何事。一定是我妻兄叶泰前来诬告我。那个不学无术的家伙总是来向我要钱，最近又是如此，我断然拒绝了他。我想这是他报复我！"

狄公心平气和地说道："你要知道，律法不允许我私下审问犯人。不过，此刻要是你告诉我近来是否与你妻子有过大的争吵，明日在大堂上也许你可以免去不少尴尬难堪。"

"那么她也是跟他们一伙的了……"潘峰痛切地说道，"现在我终于明白了，最近这几个星期，她的行为为何那么怪异，经常在出人意料的外出。无疑，她是在帮叶泰策划诬陷我！前天我……"

狄公抬了抬手。

"你明日再将前后经过讲个清楚明白。"狄公干脆地说道，然后便转身离开了牢房。

五
▼

次日早晨，快要升堂之前，狄公来到内书房，见四名随从已候在那里。

洪亮见狄公依然脸色苍白，显得甚是劳累。他一直忙到深夜，督促毡车装车。狄公在书案后坐下，说道：

"噢，我的家人已启程了。护送的军士天亮前就到了。要是不再下雪，他们应在三日左右即可抵达并州太原。"

他疲倦地把手放在双眼上，用爽脆的声音继续说道：

"昨夜我简单审问了一下潘峰，感觉我们的分析无误，另有第三人谋害了其妻。除非他是个非常高明的演员，否则他不会对发生了什么都不知道！"

陶干问道："前天潘峰去了何处？"

"等会儿我在堂上审问他，我们很快便可听到答案。"狄公说道。他慢慢喝了口洪亮给他斟上的热茶，继续道：

"昨夜我叫你等三人留在楚家用宴，不光是因我不想扫了大家的兴，还因我隐隐觉着空气中有种怪异的东西。其时我觉得身体很不舒服，故而那种怪异或许是我想象所致。我想听听在我离去之后，你等可曾注意到什么异乎寻常的情形。"

马荣看了看乔泰，抓抓头皮，懊悔地说："大人，我得承认我酒喝得有些多，未曾注意到什么特别的事。不过乔兄弟或许有些什么可以讲讲。"

乔泰有气无力地微微一笑道："我只能说大家的兴致都很高，包括我。"

陶干沉思着用手抚弄着左颊上长出的三根长毛，他说道：

"我不甚喜欢那烈酒，且蓝师傅根本就不喝酒，故而我大部分时候都在跟他说话。不过我也没忘了留意桌边发生之事。大人，我得说那真是一个欢愉的聚宴。"狄公未发一言，陶干继续说道："不过蓝师傅跟我讲了件趣事。我们谈及凶案时，他说叶平乃一步履蹒跚的老人，不过并非坏人。可是他认为叶泰却是一个卑鄙无赖之徒。"

"为何如此讲？"狄公迅即问道。

"数年前，"陶干回答道，"蓝师傅曾教过其拳术，不过仅仅教了几个星期而已。因为叶泰只想学一些阴毒招数，而对武德修为毫无兴趣，蓝师傅便拒绝再教他。蓝师傅说叶泰身强力壮，可他人品卑劣，成不了好的拳手。"

"此信息很有用处，"狄公说道，"他可曾告诉你别的什么？"

"没有，"陶干答道，"因为之后他便开始给我看他用七巧板拼出的图案。"

"七巧板……"狄公吃惊地说，"那可是小孩子的游戏！我记得幼时曾经玩过。你讲的可是将方块纸割成七片，并能拼出各种图形的那个？"

"正是。"马荣笑道，"老蓝这个癖好真是奇怪！他觉得这游戏绝非仅是小孩子的游戏，而且说它可教人认识所见一切事物的关键特征，并可帮助人集中精神！"

"他几乎可以拼出你要的任何东西。"陶干说道，"并且是在很短的时间内。"他从宽大的袖子里取出七片硬纸片，放在桌上，把纸片拼在一起做成了一个方块。他对狄公说："这便是人们裁割纸片的样式。"

他将纸片打乱，继续说道："我先叫他拼座鼓楼，他拼出了这个图形。

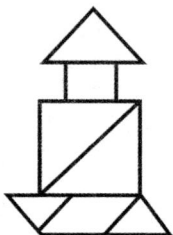

"那个太容易了，故我说拼一匹奔马，他便立刻拼了出来。

"接着我说拼个跪在衙门的被告，他拼出了这个图形。

"我喉咙发痛，"陶干继续说道，"便叫他拼一个喝醉了酒

的衙役和一名跳舞的姑娘，没想到他竟也拼得出来！

"接下来，"陶干总结道，"我便放弃了。"

狄公和众人一起笑了起来。然后，狄公说：

"昨夜我有一种令人不安的感觉，不过你等未曾注意到什么，我猜想一定是我病了的缘故。不过楚大远的宅第确实大得出奇，我差点在那些昏暗的走廊里迷了路。"

乔泰思忖道："楚家在那儿已生活了不知道有几代了，而那些宽敞的老房子常会有种古怪的气氛。"

"楚大远安顿他的那些妻妾们可还嫌不够大呢！"马荣咧嘴笑道。

乔泰赶紧道："楚大远是个好人，一等一的猎手，一名好管事，严格而公正。他的佃农们对他忠心耿耿，这就可说明很多了。他尚未生子，大家均为他惋惜。"

"他不应该在此糟糕时节试着生儿子！"马荣猛眨一眨眼道。

"我忘了讲那个账房，"陶干打断道，"那个叫于康的年轻人，他看上去的确很紧张。大人与他说话时，他看起来好似吓了一跳，仿佛见了鬼似的。我有种感觉，他与我们想得完全一样，那便是他未婚妻跟别人私奔了！"

狄公点了点头道：

"在他彻底崩溃前我们得先讯问他。至于廖莲芳姑娘，她父亲那么拼命地要使我等信服她那无可指责的操行，我怀疑他也在试图说服自己！陶干，午后你最好去廖家一趟，多了解些廖家的情况，同时也去调查一下叶氏兄弟，查查蓝师傅所讲是否属实。不过切不要直接同他们接触，让他们紧张起来于事无益。向乡邻查问即可。"

铜锣响了三下。狄公起身穿上官袍、戴上官帽。

潘峰被抓的消息显然早已传出，公堂上挤满了人。

狄公升堂，点完卯，他拿出朱笔填好一份给牢头的令函。

潘峰被带上堂来，旁听人群中传出一阵愤怒的低语声。与楚大远和蓝涛奎一起站在前排的叶氏兄弟往前冲去，但两人均被衙役推回。

狄公将惊堂木一拍。

"肃静！"他喝道。随后他对跪在案前砖地上的男子厉声道：

"报上姓名职业！"

潘峰用平静的声音说："小人潘峰，乃一古董商。"

"前天你为何出城？"狄公问。

潘峰回道："北城门外五羊村的一位农夫几日前来见我，说他在地里挖洞埋马粪时挖到了一只三足旧铜鼎。我知道八百年前汉代时五羊村乃是一大领地庄园，便对内人说值得走一趟，去看看那铜器。前天天气晴朗，我便决定前往，第二天回城，这样……"

狄公打断了他的话：

"你走前的那个早上，和你内人做了些什么？"

"我整个上午都在修理一张破了的古董小桌子，"潘峰说道，"内人去了趟市场，然后做了午饭。"

狄公点点头，命令道："讲下去！"

"我们一起吃完午饭后，"潘峰继续说道，"我卷起挺重的毛皮外衣，将它放在皮囊内，因为我担心那村中的客栈不会生火取暖。在街上，我碰到了杂货铺掌柜，他告诉我驿站马很少，我若想租一匹的话得赶紧去。我急忙跑至北门，很幸运租到了最后一匹马。然后……"

"除杂货铺掌柜，你可曾碰到其他人吗？"狄公又打断了他。

潘峰想了一会，接着答道：

"是的，去驿站路上我还遇到了高里正，跟他匆匆打了个招呼。"

狄公示意他继续说下去。

"我在黄昏前到了五羊村。我找到那农人，见到那只三足鼎，真是好物件。我与农夫讨价还价了很久，未能跟那个固执的家伙谈成交易。因天色已晚，我骑马去村里的客栈，简单地用了些饭菜，便上床睡觉了。"

"第二天上午，我先到其他农家转了转，问问有无古董，可什么也未找到。我在客栈吃了午饭，然后又去找了那个农夫，跟他费了半天口舌，终于买到了铜鼎。我迅速穿上毛皮外衣，把铜鼎放进皮囊便离开了。"

"可是我骑了约有八九里路，两个强盗从雪山后冒出来，朝我跑过来。我怕得要命，故策马飞奔。为了摆脱那两个强盗，匆忙中，我迷了路，走错了道。更糟的是，我发现装着鼎的皮囊已然掉落，没有在鞍头上挂着。我在荒凉的雪丘间骑着马转了又转，越来越惊慌。"

"突然，我看见一队巡逻的军士，五人骑着马。见到他们我真是喜出望外。可是他们将我拖下了马，捆上手脚，再放到我自己马的马鞍上，我那时的惊骇真是难以形容！我问他们是怎么回事，可军士却用鞭子柄打我的脸，命我闭嘴。他们骑马回城，一字未做解释，便把我送进了监牢。这些全都是实情！"

叶平叫道：

"大人，这恶棍满口胡言！"

狄公厉声道："他的供述尚待验证。原告叶平保持安静，未叫你不得说话！"随后又对潘峰道："描述一下那两个强人的样子！"

潘峰迟疑了一会回道：

"大人，当时我吓坏了，真的未曾仔细瞧他们。我只记得其中一个眼上戴着眼罩。"

狄公命书吏读出潘峰的供词，班头让潘峰按了手印，然后狄公正色道：

"潘峰，你妻子已遭杀害，其兄叶平指控你谋杀了她。"

潘峰面色如灰。他拼命喊道：

"不是我干的！我什么也不知道！我离开时她还好端端的！我请求大人……"

狄公向班头点头示意。潘峰被带了下去，边走边喊着他是冤枉的。

狄公对叶平道：

"潘峰的供词核实后，还要传你到衙门里来上堂。"

狄公又处理了一些日常事务，便退了堂。

回到内书房，洪亮急切地问道：

"大人，您以为潘峰所言如何？"

狄公捋着胡子思忖着，然后说道：

"我以为他所言属实。他离去后另有一人杀害了潘夫人。"

陶干道："那个的确可以说明为何钱财与金饰未曾被动过。凶手根本不知道有那些东西。可那还无法解释叶氏的衣物为何不见。"

马荣道："他供词中的一个漏洞是关于跑离那两个强盗时皮囊丢失的说法。人人都知道骑兵军士们经常在那个区域巡逻查寻逃兵及鞑靼细作，而所有强盗皆避之唯恐不及！"

乔泰点头补充道：

"潘峰对他们外貌所述仅是其中一个戴着眼罩。集市上的说书人都是那么描述强盗的！"

"不管怎样，"狄公道，"我们得查核他的供词。洪亮，你派班头及两名衙役去五羊村，查问那名农夫及村客栈老板。现在我便给军中掌管军纪的长官写封信，查询一下那两名盗贼的事。"

狄公思忖了一会，又道：

"与此同时，我等需设法寻找廖莲芳姑娘。午后陶干去廖宅和叶家纸铺，马荣和乔泰去集市，再到那姑娘失踪之处找找线索。"

马荣问道："大人，我们可否带上蓝涛奎？他对那儿了如指掌。"

"完全可以！"狄公道，"现在我去用午膳，然后在此处小睡片刻。你等一回来立刻禀报！"

　　洪亮与马荣、乔泰至衙役值房一起用午膳，而陶干则径直出衙去了。

　　他沿着老校场东侧走去。校场上的积雪闪烁着白光。一阵冷风吹来，陶干仅将袍子往瘦削的身上裹了裹，便加快了脚步。

　　来到关帝庙前，他向人打听叶氏纸铺所在。有人给他指向下一条街。不久，他便瞧见了纸铺的宽大招牌。

　　陶干走到纸铺对面的小菜店里，花一个铜板买了个腌萝卜。

　　"仔细切了，再用上好的油纸包好。"他对店主说道。

　　"你不在这里吃吗？"店主惊讶地问。

　　"我觉得在街上吃东西不甚雅观！"陶干傲然道。不过见店主脸色不悦，他赶忙又说道：

"我说你这店洁净整齐，你这里生意一定不错！"

店主脸色快活起来。

"还可以！"他回复道，"我夫妻俩每日粗茶淡饭，不欠人债。"接着，他又得意地补充道："我们每半月还能吃上顿肉！"

陶干接口道："我想对街那大纸商，每日里肯定是天天有肉吃个够！"

"让他吃去。"店主漠然地说，"赌徒吃肉是吃不长久的！"

"老叶是个赌徒？"陶干问，"他看上去可不像。"

"不是他，"店主道，"是他那个大块头的恶霸兄弟。不过我估摸今后他不会有多少钱去赌了。"

"为什么？"陶干问道，"那纸店看上去买卖很兴隆啊。"

"兄弟，你可是有所不知啊。"店主颇为自得地说道，"听仔细了！第一，叶平身上欠着债，他一个铜板也不给叶泰的。第二，叶泰以前常从其妹叶氏那里借钱。第三，叶氏被人杀害了。第四，……"

"叶泰一文钱也挣不到！"陶干补充道。

"你说对了！"店主得意扬扬地说。

"原来是这么回事。"陶干说道。他将包好的腌萝卜放在袖内，然后走了出去。

他在邻近四处转悠起来，寻找一家赌场。以前他当过个职业赌徒，对那些场所有种直觉。不久，他来到一家绸缎店的二楼。

在一间宽敞整洁、粉刷得雪白的房里，四人正在一张方桌上玩掷骰子。一名矮胖的男子独自坐在边桌旁喝着茶。陶干在他对首坐下。

掌柜不悦地看了看陶干那打着补丁的袍子，然后冷冷地说道：

"朋友，又出来现世了！这屋内下一注最低是五十个铜板！"

陶干拿过他手里的茶杯，慢慢地用中指在杯沿上转了两圈。

掌柜慌忙道："在下失礼了！请用茶。在下愿意效劳！"

陶干刚才做了个职业赌徒的暗号。

"噢，"陶干说道，"说实话，我来是私下打听些消息的。纸铺的叶泰那小子欠了我一大笔钱，而他竟说现在没钱。再去吃嚼过的甘蔗是没用的，故此在做他之前我想搞搞清楚。"

"兄弟，你可别让他给蒙了！"掌柜说，"昨天夜里他来这里玩，可是用银子下注的。"

"这个杂种居然撒谎！"陶干高声道，"他告诉我，他哥哥是个铁公鸡，以前帮衬他的妹子又被人杀了！"

"那倒是不假，"掌柜道，"不过他有别的财路。昨夜他喝酒喝多了一些，说是他在敲一个笨蛋的竹杠！"

"你能不能弄清楚那个被他敲竹杠的家伙是谁？"陶干热切地问道，"我是乡下种地出身，我自己可也是个不错的敲竹杠行家！"

"这主意不坏！"掌柜赞赏道，"今晚叶泰来后我设法搞清楚。他虽肌肉发达，脑袋瓜可不怎么好使。要是这买卖可让两个人做，我就让你知道。"

"我明天再来看看。"陶干说道，"顺便问一句，你可有兴致来小小地赌上一把？""那敢情好！"掌柜开心地说。

陶干从袖子里取出七巧板纸片，放在桌上，说道：

"我跟你赌五十个铜板。我可用这些纸片拼出你说的任何东西来！"

掌柜粗略地看了看那些纸片，说道："成！给我拼个圆圆的铜板，我看到钱总是很开心！"

陶干开始拼图，却没有拼成功。"我一点也弄不明白！"他恼怒地高声叫道，"前两天我见一个家伙弄过，看上去挺容易的！"

"啊，"掌柜满意地说道，"昨夜在我赌场里见一个人连赢了八手，那看起来也很容易。可他朋友试着照他那样子掷时，却输了个精光！"陶干可怜巴巴地集拢了纸片，那掌柜又道："你现在把钱付给我吧。你知道我们这种职业人士总要即刻清账，给人做出榜样，是不是？"

陶干难过地点了点头，开始一枚枚数出铜板来。掌柜又热心地说：

"兄弟，我要是你，便丢了这游戏吧！看起来那可要让你输掉不少钱呢！"

陶干又点了点头，便站起身离去。他边朝钟楼走，边沮丧地想着有关叶泰的线索，觉得相当有意思，不过代价可不小。

他毫不费力地找到了廖宅，就在孔庙旁。那是幢漂亮的房子，大门上满满地装饰着木雕图案。陶干感觉肚子饿了。他左右张望了一下，想找一家便宜的饭铺，可此处是一住宅区，能见到的唯一店铺便是廖宅对面的一家大饭馆。

陶干深深地叹了口气，便走了进去。他确定这次调查可是相当昂贵的。他上了楼，在靠窗桌边坐下。从那儿他可看到对街的房屋。

店小二愉快地招呼他。可当陶干只要了一小壶酒，还是最小的那种时，他的脸色一沉。小二端来了小酒壶，陶干很不喜欢地看了看。

"朋友，你们可是故意要让人喝醉吧！"他责怪道。

"客官，瞧瞧，"小二鄙夷地说，"要是您想要顶针箍，您得上裁缝铺去！"小二说完又将一碟腌菜啪地放在桌上，说道："这个另加五个铜板！"

"我自己带着。"陶干毫不动气地说。他从袖子里取出包好的腌萝卜，开始咬起来，同时注视着对面的廖宅。

不一会儿，他看见一名身着厚实毛皮衣的胖男子离开了廖宅，身后跟着一名苦力。那苦力挑着一大担米，脚步踉跄着。那男子看了看饭店，踢了苦力一脚，吼道："把那担米挑到我店里，快去！"

陶干脸上慢慢绽出一丝微笑。他已知道可以打听到一些消息，同时还可白吃一顿饭了。

米商喘着气来到了楼上，陶干在自己的桌边给他让了个座。胖子重重地坐在椅子上，要了一大壶热酒。

"现在日子真难过！"他气喘吁吁地说道，"那米只要是有一点点潮，他们就把货退给你！而且我的肝脏也不太好。"他解开毛皮外衣，把手轻轻按在胁上。

"我过得可不怎么难！"陶干轻松地说道，"以后很长一段时间里，我吃的米只要一百个铜板一担！"

那人立马坐直了身子。

"一百个铜板！"他难以置信地叫道，"老兄，米的市价可是一百六十个铜板！"

"给我的可不是这个价，"陶干得意扬扬地说。

"为什么给你不是这个价？"胖子追切地问。

"哈！"陶干高声道，"这是秘密，我只跟专业米商谈论此事。"

"我请你喝酒！"胖子马上说道。他边倒边说："请你务必跟我讲讲，你知道我爱听好消息。"

"我时间可不多，"陶干回答道，"不过我跟你讲个大概。今晨我遇见三人，他们随自己的父亲来城里，带来了满满一车米。昨晚其父却死于心脏病，他们急需现钱将尸体入殓运回家中。我同意把米都买下来，一百个铜板一担。噢，现在我得走了。小二，结账！"

他站起身，胖男子急忙抓住他的袖子。

"兄弟，干吗急着走？"他说道，"跟我一块儿吃些烤肉。喂，小二，再上壶酒，这位先生是我的客人。"

"恭敬不如从命。"陶干说道。他重新落座，对小二道："我的胃不太好，来份烤鸡吧，要最大盘的！"

小二离去时嘀咕道：

"一开始要个小壶的，后来么又要个大盘的。小二的活可真难做！"

"跟你说实话，"胖子很知心地说，"我是个米商，我了解行情。要是你储存那么多米供自家吃，米会坏的。况且你又不是米行行会的，你是不可以把米拿到集市上去卖的。不过，我会帮你忙，一百一十个铜板，我从你那儿把它们通通买下！"

陶干迟疑了一会。他慢慢喝干了杯中酒，说道：

"我们慢慢再商量这事。干一杯！"

他将两人的酒杯斟满，然后把装烤鸡的盘子拉过自己一边。他快速地挑了最好的鸡块，然后问道：

"对面那房子可是走失了女儿的廖行首家？"

"正是！"米商说道，"其实摆脱掉那姑娘算是他的运气。那姑娘可不是好料。不过讲到那米……"

"讲给我听听那个香艳故事吧，"陶干打断道，遂又夹了一块鸡肉。

"我不爱讲有钱主顾的事。"胖子不情愿地说道，"我甚至连自家老太婆也不告诉。"

"要是你信不过我的话……"陶干干巴巴地说道。

"没那个意思！"胖子连忙说道，"嗯，事情是这样的。前两天我在集市南面走着，突然瞧见廖姑娘独自一人从靠近'春风'酒店的一间关着的屋子走出来，身边一个丫鬟也没跟着。她朝街前街后瞧了瞧，然后很快就走掉了。我觉得奇怪，于是朝那屋子走去，想看看谁住在那里。这时门又打开了，走出来一个瘦瘦的年轻人。他也朝街前街后瞧了瞧，然后也跑开了。我在一家店里跟人打听那间屋子的事，你猜猜那是什么？"

"一家妓院。"陶干立刻说道，遂夹起最后一块咸菜。

"你是如何知道的？"胖子失望地问道。

"碰巧猜中而已！"陶干喝光了酒，说道，"明日此时再来这里，那时我会把米账带来，我们就可以做笔买卖了。谢谢请客！"

他轻快地走向楼梯，胖子则吃惊地看着那些都已经底朝天的盘子。

马荣和乔泰在衙役值房吃完饭，喝了杯苦荞茶，便辞别洪亮到了外面。天井里，马夫正牵着马匹等他们。马荣抬头看看天色，说道："兄弟，天不像要下雪的样子，我们走着去吧！"乔泰同意。他们便踏着轻快的步伐离开了衙门。两人沿着城隍庙前的高墙走，然后往右拐进蓝涛奎居住的那个安静的住宅区。

一名蓝涛奎徒弟的健壮小伙子给他们开了门。他告诉两人，拳师正在练武厅内。

练武厅乃一宽敞、空荡的房间，除入口旁有一张长木凳外，没有其他家具。不过粉刷得雪白的墙边摆满了架子，上面搁着许多剑、矛和棍棒。

房间地上铺着厚毡垫，蓝涛奎正站在房中央。尽管天气寒冷，他却只穿着一条便裤，上身赤裸。他正托着一颗直径可双臂环抱的黑球练习。

马荣与乔泰在长凳上坐下，热切地观察他的每个动作。蓝涛奎让球不停地转动着，将它抛起，先用左肩接住，然后又转至右肩，让球又顺着手臂滚至右手，任它往下掉，但就在球着地前又灵敏地将其接住。那轻松优雅的动作令两位旁观者赞叹不已。

蓝涛奎的身体一如其头：光滑无毛，其圆润的双臂和双腿并未显出发达的肌肉。他的腰身虽然很瘦，不过肩宽脖粗。

乔泰对马荣耳语道："他的皮肤如同妇人般光滑，而皮肤下却只有结实的筋骨。"

马荣点头不语，十分钦佩。

蓝涛奎突然停了下来。他略站了片刻，调匀呼吸，然后满脸欢喜地朝两位好朋友走过来。他把手掌上托着的球递给马荣，说道：

"帮我拿一会好吗，我把袍子穿上。"

马荣接过球，不过却骂了声娘，球滑了下去。球重重地掉在地上，发出"噗"的一声。那是只实心铁球。

三人都大笑起来。

"老天爷，"马荣叫道，"见你在耍球，我以为那是木头做的呢！"

"我希望你能教教我那功夫！"乔泰充满期待地说。

蓝涛奎微微一笑，说道："我早先就跟两位讲过，因为有规矩，我从不单独教某种功夫或拳术。我很乐意教你们，不过你们得全套都学。"

马荣抓了抓头皮，问道：

"要是我没记错，跟你习武的规矩包括不能近女色？"

蓝涛奎道："女人会耗散男人的元气。"他说这话时咬牙切齿，两位朋友吃惊地看了他一眼，因为蓝涛奎说话极少用激烈的言辞。拳师很快又微笑道："话说回来，要是好好地节制，那也无妨。对你俩我有特别的条件。你们必须彻底戒酒，必须按我开出的要求饮食，一月只与妇人同床一次。就这些。"

马荣不能确定地瞧了乔泰一眼。

"那个，"他说道，"蓝兄弟，这个有困难。我认为自己不比别人更爱酒和女人，不过我已年近四十，要知道，这两样已成为我的一种习惯了。乔泰，你如何？"

乔泰用手捋着小胡子答道：

"至于妇人，这个，没问题——除非她姿色出众。不过要是一滴酒也不喝……"

"瞧瞧你这德行！"蓝师傅笑道，"不过没关系，你俩乃九段拳师，不必达到超段。你俩的职业永远不需要同顶尖的对手拼斗的。"

"为何不需要？"马荣问。

"很简单。"拳师答道，"从初段一直升至九段，只要有强壮的身体和顽强的毅力便足够。可对超段来说，力量与拳术反为次要，因为只有清心寡欲者方能达此境地，而具备此品性者自然不会成为罪犯！"

马荣捅了捅乔泰。

"那样的话，"他开心地说道，"兄弟，我们还是一切照旧吧！蓝兄弟，快穿上衣服，我们要你带我们去集市转转。"

蓝涛奎边穿衣服，边说道：

"你们的狄大人要是想的话，应该能够达到超段水平。给我的印象是，他是个有着异乎寻常坚强个性之人。"

"他确实个性坚强！"马荣道，"此外，他是个一等一的剑客。有次我见他一剑重刺某人，令我十分钦佩。他饮食简朴，妻妾也不多，我想只是常规而已。不过他也有个问题，你们不会当真相信他会同意刮去那口胡须吧？"

三人笑着朝前门走去。

他们朝南一路闲逛过去，很快便到了集市那高大美观的大门口。狭窄的通道上熙来攘往，但人们一见到蓝涛奎便给他让道。拳师的大名北州满城皆知。

蓝涛奎道："这个集市可上溯至旧时，其时北州乃鞑靼部落的主要供应中心。人们说，这兔窝般集市的通道若连成一条的话，足足有十五里长呢！你们俩到底要找什么？"

马荣答道："我等奉命寻找廖莲芳姑娘的下落。那姑娘是几日前在此处失踪的。"

蓝涛奎说道："我记得她是在看狗熊耍舞时失踪的。跟我来，我知道鞑靼人在何处做那表演。"

他带着他们从店铺后抄近路来到一条宽些的走道。

"就是这里了！"他说，"现在此处没有鞑靼人，不过就是这个地方。"

马荣看了看左右两边的破旧摊位，小贩们正高声夸卖着各自的货品。他说道：

"老洪和陶干早就查问过这里的商贩了，他们知道自己该问些什么，再去询问这些人也没用了。不过，那姑娘来此干吗？她应该去集市北边那些贩卖丝绸锦缎店铺，那里的店铺更好些。"

"她的老妈子怎么讲？"拳师问。

"她说是她们迷了道，"乔泰答道，"看到有耍熊的，她们便决定待一会。"

"再往南两条街便是妓院，"蓝涛奎说道，"那儿的人是否跟此事有些干系？"

马荣摇了摇头说道：

"我亲自去调查了那些窑子，一无所获。"他咧了咧嘴补充道："至少没有与本案有关的事。"

这时，他听到身后有奇怪、含糊不清的说话声。他转过身去，看见一名衣衫褴褛约莫十六岁样子的瘦削少年。在发出那些奇怪的声音时，他的脸可怖地抽搐着。马荣伸手进袖子要取个铜板给他，可男孩早已从他身边挤了过去，紧紧地拉住了蓝师傅的袖子。

拳师微笑着把大手放在男孩乱蓬蓬的头上，男孩即刻平静下来，喜悦地抬头看着蓝涛奎高大的身躯。

"你还真有些奇特的朋友！"乔泰惊讶地说道。

"他和你见到的周围的大多数人一般无二。"蓝涛奎平静地说，"他是一名汉族士兵和鞑靼妓女的弃儿。有次我在街上发现了他，一名醉汉踢断了他几根肋骨。我把它们接好，将他带在身边一段日子。他虽是个哑巴，但有一点听觉。要是你说话慢一些，他还是听得懂的。他很聪明，我教了他一些实用的招数，现在敢惹他打他的人一定是喝得醉醺醺的。要知道，我最恨看到弱者受虐待了。我曾想留下这孩子让他跑跑腿，可他脑子时不时溜神，而且他更喜欢混在集市里。他时常会来我家里吃顿饭，说说话。"

那孩子又开始含混地咕哝起来。蓝涛奎仔细听着，然后道：

"他想知道我在此做什么。我最好问问他那个失踪姑娘的事。这孩子眼尖，这里出的事他几乎什么都知道。"

他慢慢地告诉男孩关于跳舞的熊及姑娘的事，边说边打着手势。男孩极专注地听着，热切地看着拳师的双唇。他那怪异的眉毛上开始渗出汗珠来。蓝涛奎一说完，男孩变得非常激动。他把手伸进拳师的衣袖，从里面拿出七巧板纸片，蹲下身便开始在街石上拼起来。

"我教他的！"拳师微笑着说道，"这常常可帮他弄清他想要什么。我们来瞧瞧，他在拼什么？"

马荣等三人弯下腰，看男孩在拼出来的图案。

"那明显是个鞑靼人。"蓝涛奎说道，"他头上那东西就

是从平原地区来的鞑靼人所戴的黑风帽。那家伙干了什么，孩子？"

聋哑男孩难过地摇摇头。然后他抓住拳师的衣袖，发出一些粗哑的声音。

"他意思是说，太难了，他无法解释。"拳师说道，"他要我陪他一起去一个老乞妇那里，那老乞妇平常会照料他一二。他们住在一家店铺底下的洞里。你们两位就在此处候着。那个地方甚是肮脏难闻，可是很暖和，那更要紧。"

蓝涛奎与男孩一起离去。马荣和乔泰开始打量起近旁摊头上摆着的那些鞑靼匕首来。

拳师一人回来，他满脸开心地说道：

"我给你们打听到了一些情况。到这边来！"他把两人拉进摊位后的角落，低声道："老乞妇说她和男孩也在人群中看熊表演，瞧见一位衣着光鲜的姑娘跟一名老妇人在一起。他们想挤过去，因为很有希望能向她们讨到几个铜板。可老乞妇正要开口向两人讨钱，一直站在姑娘身后的中年妇人突然向姑娘耳语了几句。那姑娘迅速朝老妈子看了一眼，见她正专心看着表演，便与那一妇人悄悄离开了。男孩从人们的腿间爬过去，跟在她们后面讨铜板。可那时一名头戴鞑靼黑风帽的大个子粗暴地将他推开，自己跟在那两人身后。男孩想，最好还是别去讨那几个铜板了，因那戴风帽的家伙看起来凶神恶煞的。你们觉得这是不是很有意思？"

"那是当然！"马荣叫道，"那老乞妇或是那男孩能否描述出那妇人及鞑靼人的相貌？"

"可惜不行。"拳师答道，"我自然问了他们相同的问题。那妇人用头巾遮住了下半个脸，而那男子把长长的耳兜拉下来遮在嘴上。"

"我们得将这一情况立刻禀报大人。"乔泰道，"这是我们掌握到的那姑娘出事的第一条真正线索。"

"我带你们抄近路出去。"蓝师傅道。

他领着他们走进一条狭窄、昏暗的走道，那里也是人头攒动。突然，他们听到妇人的大声尖叫，接着是砸坏家具的声音。周围的人们都四散跑开，不一会走道里就只剩下他们三个人。

"在那间暗房子里！"马荣叫道。他头一个跑过去，踢开门，冲了进去，两名同伴紧跟在后。

他们跑过空无一人的厅堂，来到一个宽大的木楼梯口。楼上只有临街的一间大房间。那里面已是一团糟。房间中央两个流氓正在踢打蜷缩在地板上的两名男子。一名半裸的妇人躲在门旁的床后，窗前的床上另一妇人正试着用缠腰布遮住赤裸的身体。

见有人进来，那两个流氓放开了那两个男子。其中右眼戴着眼罩身材矮胖的家伙被蓝师傅的光头所迷惑，误以为他是来袭的三人中最弱的一个，便毫不犹豫地朝他扑去。他朝蓝涛奎的脸一拳飞快地打去，拳师令人难以察觉地动了动头，当拳头经过他脸面时，他朝那人肩头随便一推，那流氓便如离弦之箭朝前冲去，砰的一声撞上了墙壁，把灰泥也震了下来。与此同时，另一个流氓弯下身子，把头对准马荣的肚子撞去。马荣抬起膝盖，正撞在那流氓的脸上。那裸着的妇人又尖叫起来。

独眼汉爬了起来，他喘着气说道：

"要是我有刀在手，我要把你们这些恶棍剁成肉泥！"

马荣想要把他打倒，可蓝涛奎伸手抓住了他的手臂制止了他。

"我想，兄弟，"他平静地说，"我们帮错对象了。" 他又对那两个流氓说道："这两位乃是衙门公差！"

那两名挨打者此刻已飞快爬起身，急急朝门口跑去，但乔泰迅速拦住了他们。

独眼人脸上露出了笑容。他打量着那三位朋友，本能地朝向乔泰说道：

"官爷，误会误会！我们以为你们跟那两个拉皮条的是一伙的。我和我朋友乃北军步卒，正在休假。"

"出示证件！"乔泰厉声道。那人从腰褡内取出皱巴巴的信封，上面盖有北军大印。乔泰迅速看了看里面的文件，便把信封还了回去，说道：

"的确没错。讲一下出了什么事吧。"

"那边卧榻上的妇人，"独眼步卒开始讲述，"在街上硬缠着我们，邀我俩上来取乐。我们进来，见另一妇人在此等着。我们先付了钱，找了乐子，然后睡了一会。可我们醒来时却发现带的钱都不见了。我喊叫起来，然后那两个奸猾的贼子便跑了出来，说这两个妇人是他们的妻室，要是我们不太太平平走人的话，他们便会去报告巡逻队，说我们强奸了他们的夫人。"

"我们一听就急了，一旦被巡逻队抓住，不管有罪没罪，你便要遭大罪了。他们单是为了取暖就会把人揍个半死！于是我们决定不要钱了，但先得给这两个杂种吃些苦头，让他们记得我们。"

马荣一直在打量着另外两人，此刻他突然大声说道：

"我认出这两位好汉来了！他们是往南两条街第二家窑子的人。"

那两人立刻跪下求饶。年纪大的一个从袖中拿出一个钱袋，把它递给独眼士卒。马荣鄙夷地说道："你们两个狗屎就不能想出点什么新花招吗？真让人烦死了！你们两个还有妇人，一起都到衙门去！"

"你们可以去告状。"乔泰对两名士卒说道。

独眼人迟疑地看了同伴一眼，然后说道："官爷，说实话，我们最好还是不告了。我们两天后必须回到军营内，而跪在衙门内可不是我们想要好好放纵一下的方式。我们拿回了钱，两个姑娘也伺候得不错，你们就高抬贵手让我们走人，可成？"

乔泰看看马荣，马荣耸耸肩，道：

"我也想就如此算了。我们抓那两个皮条客是因为这儿是个暗窑子。"他问年纪大些的道："喂，你，是不是把这屋子还租给自己带姑娘来的男人？"

"从来没有，大人！"那人振振有词地回答说，"给男人和未登记过的妓女提供方便可是犯法的。在旁边那条街，春风酒馆旁，你可以找到这样的屋子，房东婆娘甚至都不是干我们这行的。不过现在那房子关了，她前天死了。"

"愿她安息吧！"马荣虔诚地说道，"那么好吧，这儿差不多完事了。我们叫集市里正和他的手下把这两个家伙及姑娘押送到衙门去。"他对当兵的道："你们可以走了！"

"官爷，非常感谢。"独眼士兵感激地说道，"这是这些天

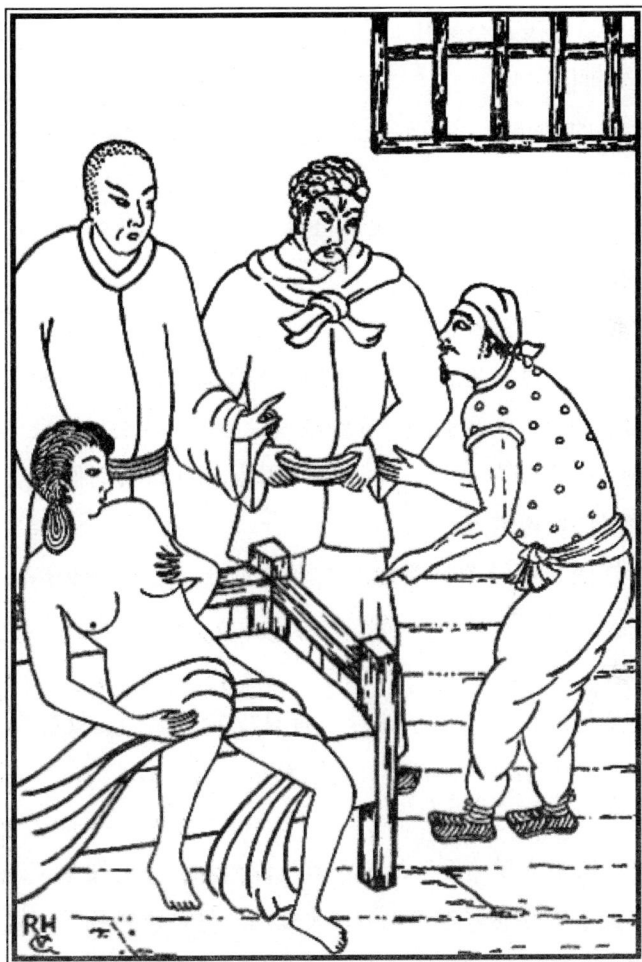

马荣和拳师听独眼士卒讲其遭遇（高罗佩　绘）

来第一次碰到的好运气。自打我的眼睛出事后我们就一直麻烦不断。"

马荣见床上赤身裸体的妇人正发着抖，犹豫着是否该拿她的衣服，便叫道：

"我的姑娘，不必假正经了！你要的只是给这屋子做广告！"

那妇人从床上下来，蓝涛奎背过身去，随口问那个当兵的道：

"你的眼睛怎么了？"

"从五羊村来此的路上，我们冻得要命，"那士卒回答道，"我们想找个人帮我们快些赶到城里，可找来找去只见到一名骑马的老人。不过他肯定是个恶棍，因为一见到我们他便策马跑了。我对同伴说道……"

"打住！"马荣打断他，"那老人身上是不是带着什么东西？"

那步卒抓了抓头，然后说道：

"是的，你说对了，他身边有只皮囊什么的，就挂在鞍桥上。"

马荣朝乔泰飞快地看了一眼。

"事情是这样的，"他对那步卒说道，"我们县令大人对你们看见的那人很感兴趣。你们得去衙门一趟，不过我保证很快就会完事。"他转身对蓝师傅道："我们走吧！"

"我看你们俩已经有收获了，"拳师咧嘴笑道，"就此别过！我要去买些吃的，然后去澡堂洗个澡。"

　　马荣、乔泰带着两名步卒回到衙门。门口的衙役报告说陶干已经回来了，正与狄公和洪亮在内书房密议。马荣关照他们，集市里正不久会带两男两女来，男的可交与牢头，两名妓女则可去叫郭夫人来处置。料理完这些事后，他们便去狄公的书房，吩咐两名步卒在房外走廊候着。

　　狄公正与洪亮和陶干讲得起劲，见到另两名随从进门，便命他们即刻汇报。

　　马荣将集市发生之事细细讲述了一番，最后说两名步卒在外候着。

　　狄公容颜大悦，说道：

　　"与陶干所发现的情况合起来，那姑娘出了何事，此刻我们至少了解了个大概。不过先把那两名步卒带进来！"

两名步卒恭敬地见过狄公，狄公让他们把发生的事再详述了一遍，然后道：

"你们所讲情况甚是要紧。我会让你等捎信给将军，建议请他将你们俩分派至北州附近区域驻守，这样需要时我便可传你们来做证。现在洪参军带你等去狱中见一个疑犯，然后你们去衙厅给书吏录个供词。你们去吧！"

两名步卒对狄公千恩万谢，为他们意外获得的延长假期而欣喜若狂。待洪亮与他们离去后，狄公取过一页公文信笺，给将军写信，然后叫陶干给马荣和乔泰讲了在赌场及饭馆的见闻。陶干刚讲完，洪亮回来禀报说，那两名步卒一眼便认出潘峰乃他们在城外见到的骑马老人。

狄公将杯中茶一饮而尽，然后说道：

"现在我们来将掌握的情况梳理一下。先讲叶氏被害一案。如今潘峰遇见所谓强盗之事已被证实，我不再怀疑他所供述的事。不过，为确保无误，我们还需等去五羊村的衙役回来之后，方可将潘峰释放。我个人相信他是完全无辜的。我们需集中注意力寻找第三者，那个在本月十五日午间至十六日清晨之间杀害叶氏之人的线索。"

"鉴于凶手一定事先知道那天午后潘峰要出城，"陶干分析道，"那人必定与叶氏夫妇熟识。叶泰可为我们提供叶氏熟人的情况，他显然与其妹甚为亲近。"

"不管怎样我们要查问叶泰，"狄公道，"你在赌场听到的情况说明很有必要全面调查此人。我会亲自向潘峰询问他有哪些熟识的朋友。现在再来看一下廖莲芳失踪案。陶干的米商朋友说廖莲芳曾在春风酒馆近旁的一处暂租房跟一青年男子有过秘密幽会。很明显，那处房子便是皮条客提及的那一处所。几日后，那个妇人在同一街区跟廖姑娘搭讪上了，而那姑娘便跟着她悄悄溜走。我推测，那妇人跟她说的是她情人在等她，于是她便立刻随她而去。那戴风帽男子所扮演的角色我们暂且只能瞎猜了。"

"显然他不是那姑娘的情人。"洪亮道，"米商描述的是个瘦削的年轻人，而聋哑男孩提到的是个魁梧壮实的家伙。"

狄公点了点头。他沉思片刻，用手轻抒长髯，然后继续说道：

"陶干跟我讲完廖姑娘幽会之事，我便立刻派班头去米商店铺，让米商领着去集市指认那房屋。之后班头会去楚大远的宅子传于康来。洪亮，去看看班头回来了没有？"

洪亮回来说道：

"廖姑娘离开的那房子的确在酒馆对面。众邻舍告诉班头说女房东前日死了，那儿请的唯一一个用人也已回到乡下。他们知道，那屋里常有奇怪之事发生，经常到深夜还传出许多声响，不过他们觉得还是最好假装不知道为好。班头让人把门砸开。在那个街区，那屋里的陈设要比人们想象的好得多。女房主死后，屋子空置着，无人出面来收房。班头给屋中陈设列了张单子，然后将房子封了起来。"

"我怀疑那份清单是否完整。"狄公道，"我想很多可搬动的东西现在已在装饰班头家了！我对那家伙突发的热情可不敢相信。不过，那女房主在这个时候死掉真是可惜，她本可告诉我们许多关于廖姑娘秘密情人的情况。于康是否到了？"

"大人，他正坐在衙役值房。"洪亮回道，"现在我去叫他进来。"

洪亮将于康带了进来。狄公想，这个漂亮的年轻人看上去真的病了。他的嘴巴紧张地抽动着，双手抖个不停。

"于康，坐下！"狄公和蔼地说，"我们的调查已取得一些进展，不过我觉得应该多了解一些你未婚妻的情况。告诉我，你们相识多久了？"

"三年，大人。"于康轻声回道。

狄公抬了抬双眉，说道：

"古人云，男大当婚，女大当嫁，方是正道。"

于康的脸红了起来，急忙说道：

"大人，廖老先生极钟爱他女儿，似乎不情愿与她分开。至于我父母，因远住南方，凡与我相关之事，尽皆托付给楚老爷处置。我自来此便一直住在楚家，他担心我成家后便不能再差遣我，这可以理解。大人，他一直如父亲般待我，我觉得不应催他让我早些成婚。"

狄公未加评论，而是问：

"你认为廖莲芳出了什么事？"

"我不知道！"那年轻人叫了起来，"我一直在想啊想，我真担心……"

狄公默不作声地看着于康坐在那里绞着双手，眼泪从他双颊上滚落下来。

狄公突然问道："难道你不是怕她跟另一个男人跑了？"

于康抬起头来，挂着泪珠的脸上露出微笑。他说道：

"不，大人，那绝不可能！莲芳跟一个秘密情人？不，大人，我至少可以确定这一点。"

"那样的话，"狄公严肃地说道，"于康，我要告诉你个坏消息。她失踪前几日，有人看见她和一名青年男子从集市上的暂租房里一起出来。"

于康的脸一下子变得灰白。他睁大双眼盯着狄公，仿佛见到了鬼魂一般。他突然脱口道：

"我们的秘密终于被发现了！我完了！"

他瘫坐在椅子上，剧烈地抽泣起来。狄公示意洪亮给他倒杯热茶。年轻人贪婪地一口喝了下去，然后稍平静些，说道：

"大人，莲芳是自杀的，我对她的死有责任！"

狄公往后靠在椅子上："于康，自己把话说清楚。"

年轻人竭力控制住自己的感情，开始讲道：

"有一天，大约一个半月前，莲芳带着养娘到楚宅来帮她母亲给楚老爷的大夫人捎口信。当时楚家大夫人正在洗澡，她们只得候着。莲芳来到花园走走，我在那儿见到了她。我自己的房间就在那一跨院边儿。我说服她跟我进了房间……打那以后，我们便在集市上的那间房子里幽会过几次。她养娘的老友在附近开了家店，那老妇在跟另一老妇闲聊个不停，并不去管独自去逛街上摊头的莲芳。她失踪前两天，我们就在那儿见过最后一次面。"

"那么别人见到的是你从那屋子离开！"狄公插话问道。

"是的，大人。"于康用凄凉的声音回道，"那正是我。那天莲芳告诉我，她可能有身孕了。她很着急，因为我俩羞耻的行为现在要暴露了。我也是惊慌失措，我知道廖老爷或许会把她赶出家门，而楚老爷肯定会让我颜面扫地回到父母身边。我答应莲芳，我会竭尽全力让楚老爷同意我俩尽早成婚，莲芳说她也会去求她父亲。

"当天晚上我去找我主人，可他大发雷霆，骂我是不知感恩的混蛋。我给莲芳写了封密信，敦促她尽力说服父亲。很显然，廖老爷也拒绝了。可怜的姑娘一定万分绝望，便跳井自尽了。而我这个卑鄙之人必须对她的死负责！"

于康失声痛哭。过了一会他时断时续道：

"这些天这个秘密一直在压迫着我，每时每刻我都盼望着听到她的尸体被找到的消息。后来，那个可怕的叶泰又来说，他知道我和莲芳在房内私会一事。我给他钱，可他却越要越多！今天他又来……"

狄公打断他："叶泰是如何知道你的秘密的？"

于康回答道："很明显，一个叫刘妈的老女仆偷看到了我们。她先前曾在叶家做叶泰的奶妈，他们在楚家书斋外走廊里闲聊时她告诉了叶泰，当时叶泰正候在外面等着见老爷谈些生意。叶泰叫我放心，说是那老妇已答应他不会讲给其他人听。"

"那老妇自己没来找过你？"狄公问。

"没有，大人。"于康回答，"可我自己试着去跟她说话，确定她会守诺。可是直到今天我才找到她。"见到狄公惊异的表情，于康急忙解释道："我家老爷把宅子分成八处独立的跨院和住房，每一处都有其各自的厨房及用人。主宅由楚老爷自己和大夫人住着，他的书房也在那里，还包括我的住处。我家老爷的其他七房太太都有各自的处所。因有几十名用人，加上严厉的规矩他们必须得待在自己的地方，我要找个人私下说话是很难的。

"不过今天早上，我在书房跟老爷谈毕佃户的账目，出来时正巧见到刘妈。我赶紧问她跟叶泰说了些什么关于我和莲芳的事，可她假装不知道我在说什么。显然她对叶泰还是十分忠心的。"他接着凄楚地说道："不过，她是否保守秘密现在已无关紧要了！"

"于康，那确实是有关系的！"狄公迅速说道，"我有证据证明莲芳并未自尽，她是被绑架的！"

"谁干的？"于康高声叫道，"她在何处？"

狄公抬起了手。

"调查仍在进行。"他平静地说道，"你要严守秘密，以免让绑架莲芳的人有所警觉。叶泰再来要钱时，你只要跟他讲，过一两天再来。我相信可以找到你的未婚妻，并抓住用卑劣诡计绑架她的罪犯！"

"不过，于康，你的行为实在应受到谴责。你未曾引导好那姑娘，反而利用她的感情来满足你尚无权享受的欲望。订婚与结婚并非私事，那是联结双方家庭所有生者抑或死者的一个神圣契约。你冒犯了在家庭祭坛前向之宣布订婚的祖上，也贬损了你未来的新娘。同时你给罪犯提供了将她捏入爪中的机会，因为他谎称你在等她而将她诱骗走。在获悉她失踪后，你也并没有立刻向我说明真相，从而毫无道理地将她陷入此刻所处的悲惨境遇。于康，你要好好补偿她！你可以走了。找到她之后我会再传你。"

年轻人想说些什么但却一个字也说不出来，只是转过身去，踉跄着向门口走去。

狄公的随从们兴奋地谈论着，但狄公抬了抬手，说道：

"这些情况解开了廖小姐失踪之谜。一定是那个流氓叶泰安排绑架了廖姑娘，因为除那老妈子外，他是唯一知道他们秘密的人。况且聋哑男孩对戴风帽男子的描述跟他完全符合。他用来送假口信的妇人必定是暂租屋的女房主。不过她未将那姑娘带去那儿，而是将她带至别的秘密处所，也就是叶泰现在关押廖小姐的地方。至于是供他自己泄欲或卖与别人，我们还得查清楚。他知道自己很安全，因为那不幸的姑娘如今当然不敢去找她未婚夫或父母。天晓得她正遭受什么样的虐待！可那似乎还不够，那个恬不知耻的无赖竟然还敲诈于康！"

"大人，是否让我现在就去把那兔崽子抓来？"马荣充满希冀地问。

"那是当然！"狄公道，"和乔泰一起去叶家，他们兄弟俩也许正在用晚餐。监视他们家，叶泰出门时仔细跟着，他会将你们带到那个秘密处所，进去后你们便逮捕他以及那儿所有相关的人。对付叶泰不必手下留情，只要不伤他太厉害，以免我无法再审问他！"

九

▼

马荣和乔泰匆匆离去，不久洪亮和陶干也离开去用晚餐。狄公开始批阅行省来的一堆公文。

门上传来轻轻的叩门声。"进来！"他叫道，遂将公文推到一边。他以为是端晚饭来的衙役，可抬头一看，却见是郭夫人纤细的身形。

她穿了件非常合身的灰色连风帽皮袍。她在案前躬身施礼，狄公闻到了一股如充满桂园药房般同样怡人的药草甜香。

"郭夫人，请坐！"狄公说道，"你没待在衙门？"郭夫人在凳沿上坐下，回道："大人，我斗胆前来禀报今日下午拘捕的两位姑娘的事。"

"说下去！"狄公说着，边往后靠在扶手椅上。他端起茶杯，却见茶杯已空，便又放下。郭夫人立刻起身，拿起书案角上的大茶壶斟满茶杯。然后她开始说道：

"两位姑娘均是南方农家女儿。去年秋季庄稼歉收，她们父母便将她们卖给了一名皮条客。那皮条客将她们带到北州，卖给了集市上的一家窑子。老鸨将她们安置在那间私宅，令她们做了几次勒索勾当，就是昨天做的那种。"

"我以为她们并非坏女孩，而且也痛恨现在的生活，可却无能为力。因为买卖是合法的，老鸨握有她们父母签字画押的卖身契。"

狄公叹了口气。

"老生常谈的故事，"他说道，"不过，因那老鸨的暗窑是没有凭证许可证的房屋，我们可以设法帮忙。那些恶棍是如何对待她们的？"

"也是个老生常谈故事，"郭夫人淡淡一笑答道，"她们常挨打，还得卖力干活，打扫屋子，烧饭做菜。"

她用纤巧的手灵活地整了整风帽。狄公忍不住想，她实在是个十分迷人的妇人。

狄公说道："无证开设妓院，一般的处罚是予以高额罚款。不过那并无用处，老鸨会付钱，然后又从姑娘身上压榨回来。鉴于他另外还被控敲诈勒索，我们可宣判那卖身契无效。你说两位姑娘实质上是清白的，那我会派人送她们回父母身边。"

"大人考虑得真是周到。"郭夫人说着站起身来。

她站着等狄公发话让她离去，可狄公却很希望继续和她谈话，但他又为自己这种念头所恼，于是非常干脆地说道：

"郭夫人，谢谢你及时汇报。你可以走了！"

郭夫人躬身离去。

狄公背着双手开始踱起步来。他的书房显得比往常更孤寂寒冷。他思忖着，此刻他的夫人们或许已抵达第一个驿站，不知她们的住处是否舒适。

衙役送来晚膳，他很快用毕，然后起身站在铜火盆旁喝茶。

门开了，马荣走了进来，看上去十分沮丧。

"大人，午饭后叶泰便出去了，"他说道，"到现在还未回去吃晚饭。一名仆人告诉我，他常与其他几名赌徒在外面吃饭，很晚才返家。乔泰仍在那里监视他家。"

"真可惜！"狄公遗憾地说，"我还指望着很快就能把那姑娘解救出来。嗯，今夜继续监视已经没用了。明日叶泰一定会和叶平一起来看升早堂，那时我们就可逮捕他。"

马荣走后，狄公在书案边坐下。他重又拿起公文，试着继续批阅，但发现自己无法静下心来。叶泰没在家令他十分烦闷。他对自己讲，这种恼怒是十分不合情理的。那恶棍为何选择这一晚到他的秘密处所去呢？

这个案子眼看着马上就可结案了，此刻不采取行动是不合适的。或许那家伙在饭馆吃完饭，此刻正在去往那里。那种黑风帽在人群里是很容易就能被认出的……狄公突然坐直了身体。他上次是在何处见过那种风帽的？可不是在城隍庙附近的人群中吗？

狄公猛然站起身来。

他走到靠着后墙的大橱前，在里面的旧衣堆里翻找起来。终于，他找到了一件打着补丁的破旧毛皮外衣，看上去仍足以让他保暖。他穿上了外衣，把自己的毛皮软帽换成了一条厚厚的围巾，将围巾紧紧裹住头和脸的下半部。然后他拿出放在书房里的手提药箱，背上它。他照了照镜子，认定自己看起来像个游方医生，便从西侧门离开了衙门。

细小的雪花飘落下来，狄公想，过不久雪便会停了。他朝城隍庙方向漫步而去，仔细观察着从他身边匆匆而过的裹缩在毛皮衣里人们。但他只能看见他们的毛皮帽子，时不时地有一两个鞑靼人所戴的头巾。

他漫无目的地走了一段时间，天渐渐放晴。他觉着遇见叶泰的可能性十分的小，同时也惊讶地意识到自己其实并未真正指望能碰上他。他更想换个环境而已，哪里都比他那冰冷孤独的书房好些……狄公此刻对自己十分反感。他停住脚步，朝四周看了看，发现自己来到了一条狭窄昏暗的街上，周围空无一人。他飞快朝前走去，想着回到自己的书房，去处理些公务。

突然他听到左边黑暗处传来一阵呜咽声。狄公停住脚步，发现一个小孩蜷缩在空荡荡的门廊一角。他弯下腰，看到那是个五六岁的女孩，正坐在那里绝望地哭着。

"小姑娘，你怎么了？"狄公和蔼地问。

"我迷路了，我回不了家了！"小女孩哭叫得更厉害了。

"我知道你住在哪里，我会带你回家去的。"狄公安慰她道。他放下药箱，坐在上面，把女孩抱在怀里。狄公见她小小的身体仅穿着单薄的家常衣服，冷得发抖，便解开毛皮外衣，把她裹在自己怀里。很快女孩便不哭了。狄公道："你得先暖暖自己。"

“然后你便带我回家？”女孩满足地说。

“是的，”狄公答道，“我再问你，你娘叫你什么？”

“美兰！”小女孩责怪地说道，“你怎么不知道呢？”

“当然知道，”狄公道，“我知道你名字叫王美兰。”

“你在逗我玩啊！”女孩噘着嘴说，“你知道我叫陆美兰。”

“喔，对的。”狄公说道，“你爹爹在那边开了家店……”

“你是假装知道啊，”女孩失望地说，“爹爹死了，娘在照看棉花店。你怎么什么都不知道啊！”

“我是一名大夫，总是很忙。”狄公辩白道，“现在告诉我吧，你和你娘去集市时是从城隍庙的哪边走的？”

“有两只石狮子的那边！”女孩马上答道，“你最喜欢哪只狮子？”

“爪子踩着球的那只。”狄公说，希望自己这回讲对了。

“我也是！”女孩高兴地说道。狄公站起身，一只手把药箱背上肩，一只手抱着女孩，朝城隍庙方向走去。

“我好想娘会把那只猫咪抱来给我！”女孩渴望地说道。

“什么猫咪？”狄公心不在焉地问。

“那天晚上，那个说话声音很好听的男人，来看娘，与他说话的那只。”女孩不耐烦地说道，“你不认识他吗？”

“不认识。”狄公道。为让她开心，他又问道：“那个男人是谁？”

“我不知道，”她说，“我以为你认识他呢。他有时夜里很晚才来，我听见他跟一只猫咪说话。可我问娘时她很生气，说我是在做梦。可那不是真的呀。"

狄公叹了口气。也许那个陆寡妇有个秘密情人。

到了城隍庙前，狄公向一家店主询问陆氏的棉花店在何处，那人给他指了指路径。狄公一边走，一边问女孩：

"你为何这么晚了还从家里跑出来？"

"我做了个噩梦，"她答道，"我被吓醒了！然后便跑出来找我娘。"

"你干吗不喊用人？"狄公问。

"爹死后，娘就把她打发走了。"女孩说道，"今天夜里家里一个人都没有。"

狄公在写有"陆记棉花店"招牌的门前停下。这家店位于一条安静的中层人家住的街上。他敲了敲门，门很快就开了，走出来一位非常瘦小的妇人。她提起灯笼，上上下下打量着狄公，然后生气地问："你和我女儿干什么去了？"

"她跑出去，迷了路。"狄公平静地说，"你应好好照看她，她也许已经着凉了。"

那妇人恶毒地瞪了他一眼。她年在三十上下，生得甚是好看，但狄公不喜欢她眼中露出的野性，也不喜欢她那瘦小尖刻的嘴巴。

"管管你自己的事吧，你这江湖医生，"她厉声道，"你别想从我这儿要去一个铜板！"

她把女孩拉进屋里，砰地关上了门。

"真是个令人厌恶的妇人！"狄公咕哝道。他耸了耸肩，走回到正街上。

在一家大面馆前挤过人群时，他撞上了两个似乎正在急急赶路的高个子。第一个生气地抓住狄公的肩膀，嘴里骂骂咧咧。但他突然松开了手，叫道：

"老天爷！是大人您！"

狄公微笑着看着马荣和乔泰吃惊的脸，难为情道：

"我决定出来找找叶泰，不过得先送一个迷路的女孩子回家。目下我们可以一块去找了。"

两名随从那紧张的脸并未松弛下来。狄公关切地问：

"出了何事？"

"大人，"马荣悲切地说道，"我们正要回衙禀报，有人发现蓝涛奎在澡堂里遭谋杀了。"

"如何被害？"狄公迅即问道。

"大人，他是被毒死的！"乔泰痛苦地回道，"卑鄙懦弱的罪行！"

"我们快去那儿！"狄公果断地说道。

在通往温泉澡堂宽阔的街道上聚集了一群激动的百姓。集市里正及其手下站在大门前，他们想拦住狄公，但狄公不耐烦地拉下了围巾。他们认出是县令大人，赶忙站到两边。

大厅里，一名矮胖身材的圆脸男子迎上前来，自我介绍是澡堂老板。狄公从未来过这间澡堂，但知道热水是从温泉而来，据说有疗效。

"带我去出事现场！"他命令道。

那人领着他们来到一间满是蒸气的前室，马荣和乔泰开始脱他们的袍子。

"大人，最好脱剩内衣便裤，"马荣提醒道，"里面更热。"

狄公解衣时，店主解释道，里面过道左边有一个很大的公共浴池，右边则是十个带单独浴池的包间。蓝师傅总是用过道最里边的那一间浴室包间，因为那儿很安静。

他拉开一扇沉重的木门，一股股热蒸气便向他们扑来。狄公隐约看见两名伙计的身影，裹着黑油布外衣和裤子，以免被热气烫伤。

"这两位官爷已命所有浴客离开。"店主道，"这便是蓝师傅的包间。"

他们走进一间大浴房，洪亮和陶干默默地给狄公让开道。房内光滑的石地有三分之一是沉下去的浴池，池内满是冒着热气的水。前面立着一张小石桌，还有一张竹榻。蓝涛奎的庞大尸体一丝不挂，蜷曲着躺在桌子和竹榻间的地上。他的脸扭曲着，脸上有一种奇怪的绿色，肿胀的舌头伸出嘴外。

狄公迅速移开目光。他见桌上有一把大茶壶，还有几块纸板片。

"那是他的茶杯！"马荣指着地上说道。

狄公弯腰看看碎片，捡起破杯子的底，里面装着些许棕色液体。他将杯子底小心地放在桌上，然后问店主：

"这是如何发现的？"

店主回道："蓝师傅很规律，他常常每隔一天，差不多在同一时间来此。他会先在水中泡上半小时左右，然后用茶，再活动一下筋骨。我们有严格的规矩，约半个时辰后他会开门叫伙计换茶，否则绝不许去打搅他。他会喝上几杯茶，然后便到前室穿好衣服回家。"

他咽了口唾沫，接着说道：

"所有的伙计都喜欢他，因此到蓝师傅快要走时，其中一个伙计通常会端着茶在房外过道候着。可是今晚他没有打开门。伙计等了约有一刻，因为不敢贸然打搅蓝师傅，就出来找我进去。我知道他的习惯，担心他病了。我立刻推开门……便看到了这情形！"大伙沉默了一会。然后洪亮道：

"里正派人去衙门报案，因大人出去了，我们便立刻赶来以免现场遭破坏。我和陶干一起审问了那伙计，马荣和乔泰在浴客离去时记下了他们每人的姓名，但没人看见有人进入蓝师傅的房间或从里面出来。"

"茶中是如何下毒的？"狄公问。

"大人，一定就是在此房内下的。"洪亮道，"我们查出所有的茶壶都用前室内一大缸现成泡好的茶冲的。要是凶手在那里下毒，他会把其他浴客也都毒死的。由于蓝师傅从不锁门，我们推测凶手走进来，在茶杯中下毒，然后便离开了。"

狄公颔首点头。他指着粘在一块茶杯碎片上的小白花，问店主：

"你这儿上茉莉花茶吗？"

店主用力摇了摇头，说道：

"不，大人，我们可供不起如此贵的茶。"

"把剩茶倒进小坛子里，"狄公命令陶干，"然后用油纸包好茶杯底和碎片。小心别碰那茉莉花！茶壶封上也带走，忤作得查验一下茶壶里的茶是否也有毒。"

陶干缓缓点点头。他一直专注地看着桌上的纸片。此刻他说道：

"大人，看！凶手进来时蓝师傅正在拼七巧板！"

所有人都看着纸片。它们似乎是随意摆放的。

　　"我只看到六片。"狄公说道，"找一找第七片，那一定是一片比较小的三角形。"

　　随从们在地上仔细地搜寻，狄公一动不动地站着，看着尸体。他突然说道：

　　"蓝师傅的右拳紧握着。看看里面有何东西！"

　　洪亮小心地掰开死者的手，一小片三角形纸片粘在手心上。他把它递给狄公。

　　狄公高声道："这说明蓝师傅是在喝了毒茶以后拼图形的！他是不是试图想留下一点关于凶手的线索？"

　　"看起来好像是他倒下时，手臂碰乱了纸片。"陶干道，"它们现在的样子说明不了什么。"

　　"陶干，把那些纸片的位置画下来，"狄公吩咐，"我们有时间再研究。洪亮，告诉里正，让人把尸体送去衙门，然后你等再好好搜一下这个房间。我现在去查问账房。"

　　他转身离开了房间。

　　狄公在前室穿好衣服，命店主带他去见浴室门口的账房。

　　狄公在银箱旁的小桌边坐下，问流着汗的账房说：

"你可还记得蓝师傅进来时的情形吗？伙计，别在那里坐立不安。因为你一直在账房里，你是此处唯一不可能去谋杀蓝师傅的人！说话！"

"大人，我记得很清楚。"账房先生结结巴巴地说道，"蓝师傅和平常一样的时间进来，付了五个铜板便进去了！"

"他一个人吗？"狄公问。

"是的，大人，他总是独自来的。"账房先生回道。

狄公追问道："我想你见过的浴客应该多数都认得。你能否记得在蓝师傅之后来的一些浴客？"

账房先生皱起了眉头。

"多多少少吧，大人。"他说，"因为名拳师蓝师傅的到来对我而言可以说是一个分界线，将晚上一分为二。先来的是刘屠，付两个铜板洗大浴池。然后是廖会长，付五个铜板要了间浴房。其后是四个集市上的混混一起来的，以后是……"

狄公打断他："四人你都识得？"

"不，大人。"账房先生道。接着他抓了抓头皮，补充说道："也就是说，我认得其中三位。第四个是头次来，是名少年，身穿鞑靼人的黑外套和黑裤子。"

"他付钱要什么浴间？"狄公问。

"四人付了两个铜板要洗大澡堂，我给了他们黑木签。"

狄公抬了抬眉毛，店主赶紧从墙边架子上拿下两片黑木块，上面均系着一根绳子。

"大人，这便是我们用的木签。"他解释道，"黑签指大澡堂，红签指单间浴房。每位客人把半块木签交给前室伙计，伙计便将他们的衣服放好，写着相同号码的另半块则由浴客带着。客人离开浴室时再把那半块交给伙计，伙计便把他们的衣服拿给他们。"

"你们只有这种管理办法吗？"狄公不悦地问。

"噢，大人，"店主带着歉意回道，"我们只是为防止有人不付钱溜进去或穿着别人的衣服离开。"

狄公不得不承认，也真是想不出有别的办法了。他问账房先生：

"你见到的那四个年轻人都离开吗？"

"我说不准，大人，"账房先生回答说，"发生凶案后，里面有那么一大堆人，我……"

洪亮与马荣走了进来，他们报称在浴室未发现其他线索。狄公问马荣：

"你和乔泰登记让浴客出去时，可曾看见其中有一个穿得像鞑靼人的年轻人？"

"没有，大人。"马荣回道，"我们记下了每个人的姓名地址。我肯定会注意到穿鞑靼衣服的家伙的，因为这儿不常见到他们。"

狄公转身对账房先生道：

"出去看看能否在街上人堆里找到那四个年轻人中的任何一人。"

账房走了出去。狄公一语不发地坐着，用木签敲着桌子。

账房先生带着一名已成年的小子回来。年轻人局促不安地站在狄公面前。

"你那个鞑靼朋友是谁？"狄公问。

那年轻人焦虑地看了狄公一眼。

"大人，我真的不知道。"他结结巴巴地说，"我前天看到那家伙在这门口游荡，但没有进去。今晚他又来这儿，我们进来时他就跟在我们后面。"

"讲讲他的样貌。"狄公命令道。

年轻人看上去很不安。他犹豫了一会说道："他非常瘦小。他用一块黑鞑靼围巾包着头和嘴巴，这样我便看不出他是否有胡子，不过我见到围巾下露出一绺头发。我朋友想跟他说话，可那家伙恶狠狠地瞪了我们一眼，我们只得作罢。那些鞑靼人总是带着长刀，而且……"

"在浴池里你没有看清他吗？"狄公问。

"他定是要了包间。"年轻人道，"在浴池里我们没有见过他。"

狄公飞快地看了他一眼。

"就这些！"他简短道。年轻人匆匆走了出去。狄公命令账房先生：

"数数木签！"

账房赶快清点木签。狄公在一旁看着，用手慢慢地捋着自己的胡须。

最后账房道：

"大人，真奇怪！一根三十六号的黑签不见了！"

狄公猛地站起身来。他转身对洪亮和马荣道：

"现在我们可以回衙了。我们已经做了该做的一切，至少已经知道凶手是如何进了澡堂，又如何未被注意地出了澡堂，并且也大致知道了他的样貌。走吧！"

第二日早上升堂，狄公令郭大夫解剖拳师尸体。北州城所有有头有脸的人以及每个能设法进入公堂之人，都赶来看堂审。

郭大夫解剖完，禀告道："死者死于一种剧毒，查出是生长在南方的蛇树根粉末。我们用一只病狗做了试验，证明茶壶内的茶并没有毒，但碎茶杯中的残茶有毒，狗喝了一点儿后不久便死了。"狄公问道：

"毒药是如何倒入茶杯的？"郭大夫回道："我推测那干茉莉花中预先混入了那粉末，然后再被暗中下到茶杯里。"

"你依据什么做此推测？"狄公问。

"那粉末，"大夫解释道，"有一种极淡但非常独特的气味，与热茶相混后气味会更容易被人发觉。但若是放在茉莉花里，花的香气能有效地掩盖掉毒药的气味。我给没有花的剩茶加热时，那气味是没错的，故而我能够识别出毒药。"

狄公点头，命郭大夫在尸格上按上手印。他一拍惊堂木，道：

"蓝涛奎师傅被一身份不明之人毒害。蓝师傅乃是一名出色的拳师，北方诸省连续几届的擂台冠军，同时也是个品德高尚的人，我大唐，特别是北州地区因为有他而增光不少。我们为失去他而哀悼。"

"本县会尽一切力量抓住罪犯，以告慰蓝师傅在天之灵。"

狄公又一拍惊堂木，继续道：

"我现在审叶家告潘峰案。"他向班头示意了一下，班头把潘峰带至公案前。狄公接着道：

"书吏宣读一下与潘峰行踪有关的两份证词。"

老书吏站起身，先宣读了两名步卒的证言，然后宣读了衙役们在五羊村所做调查的报告。

狄公宣布：

"这份证词证明，潘峰所讲他在十五和十六日的行踪属实。此外，本县认为倘若他真的谋害了妻子，自然不会离城两天而没有先藏匿其妻的尸体，至少应会将其暂时藏起来。因此本县以为，迄今为止所提交的证据尚不足以指控潘峰。原告需申述是否可以提供更多的证据来指控被告，或是希望撤诉。"

叶平赶忙道："小人希望撤诉。小人诚惶诚恐，为自己轻率的行为道歉，那皆是因妹子惨死一时悲伤所致。此案上，小人也代表兄弟叶泰讲话。"

"记录下来。"狄公道。他俯身向前，看着案前的众人，问道：“今日叶泰为何未来衙门听审？”

“大人，”叶平说道，“我不知道我兄弟出了何事。他昨天午饭后出门，至今未归！”

“你兄弟经常在外过夜吗？”狄公问。

“从来不，大人。”叶平答道，面露忧色，“他虽通常很晚才返家，但总是睡在家里。”

狄公皱了皱眉说道：

“他回来后，你叫他立刻来衙门补告。他必须亲自来登记收回对潘峰的指控。”狄公一拍惊堂木，然后宣布：

“潘峰当堂释放。本衙将继续尽力搜寻杀害其妻之凶手。”

潘峰感激地叩了几个头。他站起身后，叶平赶快走上前去开始向他道歉。

狄公命班头将妓院老鸨、两个皮条客和两名妓女带上堂来。他将作废的卖身契交给两位姑娘，告诉她们，她们自由了。然后他判决妓院老鸨和两名皮条客三月监禁，再加鞭笞后方能释放。三人开始高声叫屈，妓院老鸨叫得最响。他思量的是，背上的鞭伤可以痊愈，可买两名姑娘的高价却很难收回。衙役不理会他们，将三人拖回牢房中。狄公允诺，那两位姑娘可先在衙门厨房里干活，等军队信使出发，再将她们带回故乡。

两位姑娘在堂前拜倒，眼中含泪，千恩万谢。

狄公退堂后，命洪亮将楚大远叫进内书房。

狄公在书案后坐下，又让楚大远在椅中落座。他的四名随从在前面各自惯坐的凳子上坐下，一名衙役哀伤地默默上了茶。

狄公开口道：

"昨晚我没有进一步讨论蓝师傅被害案，因为我要先知道验尸的结果，也因为想听听楚员外的高见。楚员外认识蓝师傅很久了。"

"我愿竭尽全力将杀害拳师的贼子绳之以法！"楚大远脱口而出，"他是我见过的最优秀的武师。大人认为可能是何人犯下这罪案？"

狄公说道："凶手乃一年轻的鞑靼人，或者至少是一名打扮成鞑靼人模样的男子。"

洪亮迅速地看了陶干一眼，然后说道：

"大人，我等一直在想，为何是那个年轻人谋害了蓝师傅。不管怎样，马荣和乔泰记下的名单上有六十多名浴客啊！"

狄公道："但他们当中没有人能随意进出蓝师傅的浴房而不引起注意。然而凶手显然知道伙计们都身穿黑油布衣，那跟鞑靼人的黑衣服相仿。凶手与三名青年一起进了澡堂，但在前室他并没将木签交出，而是径自走到过道，装成伙计的模样。记住，那儿的蒸汽很浓，人们看不清谁在旁边。他溜进蓝师傅的浴房，将毒花放进茶杯，然后又走出房间，后来可能是走伙计的出入口离开浴室的。"

"聪明的家伙！"陶干叫道，"他考虑得很周密。"

"但还是有些线索可寻。"狄公说道，"他自然要毁去鞑靼衣服及木签。可他离开时肯定未发觉蓝师傅在临死前挣扎着用七巧板拼出了一个图形，而那图形可能包含着罪犯身份的线索。再者，蓝师傅一定很熟悉那人。另外的年轻人给我们大致描述过他的样貌。楚员外也许能告诉我们蓝师傅是否有一瘦小、头发留得很长的徒弟。"

"他没有。"楚大远立刻回道，"他那些徒弟我都认得，他们都是健壮的青年，而且蓝师傅坚持要他们剃光头发。真是可惜，一名出色的武师中毒而死。只有懦夫才用下毒这种下三烂的手段！"

大家都默不作声。陶干一直在慢慢捻弄着左颊上长着的三根长毛，他突然说道：

"懦夫的手段，或者也可说是妇人用的手段！"

"蓝师傅从不近女色。"楚大远轻蔑地说道。陶干摇了摇头，道：

"而那可能正是他被女人所谋害的缘由。蓝师傅或许曾经拒绝过那名妇人，而那有时会引发强烈的愤恨。"

"我也知道些，"马荣补充道，"许多舞女都怨恨蓝师傅毫不把她们放在眼里，这是她们自己这样跟我讲的。他的自律似乎吸引了姑娘们，天晓得是为什么！"

"一派胡言！"楚大远生气地高声道。

狄公一言不发地听着。此刻他说道：

"我得说这个想法让我感兴趣。一个身形瘦小的女人假扮成鞑靼小伙子是不难的，不过她必定是蓝师傅的女人！因为她进入浴房时，蓝师傅甚至没有想要遮盖自己的身体，而浴巾就挂在架子上。"

"那不可能！"楚大远叫道，"蓝师傅和一个情妇！那绝不可能！"

"我现在记起来了。"乔泰慢慢说道，"昨天我们去见他时，他确曾突然尖刻地谈论起女人来，说是女人们会吸干男人的精力。通常，他说话评论别人言辞是很平和的。"

楚大远还在愤愤地咕哝着。狄公从抽屉里取出陶干给他做的七巧板，将六片纸片依当时见到的样子拼起来，并试着加上最后那块三角形，试图拼出一个图案。过了一会他说道：

"要是蓝师傅真被一妇人所害，这个图案也许含有她身份的线索。但他摔下去时弄乱了纸片，而且再加上最后一块三角形前便死去了。这倒是个难题。"他将纸片搁到一边，继续说道："不论那会是什么，我们第一件事便是要调查所有与蓝师傅有关的人。楚员外，我建议你现在和马荣、乔泰及陶干商议下如何分派这项任务，这样每个人便可即刻着手各自的任务了。洪亮，你去集市，向另外两个年轻人查问那鞑靼青年的情况。要是你客气地问，与他们喝上一两杯，他们或许可讲出更多情况来。马荣有他们的姓名地址。你出去时叫郭大夫来这儿，我想多知道些那毒药的事。"

楚大远和狄公的四名随从离去后，狄公慢慢地喝了几杯茶，沉思着。叶泰的失踪令他担心。这恶棍会不会怀疑衙门已在追查他了？狄公站起身开始踱步。叶氏一案尚未了结，现在蓝师傅又被毒害，要是能侦破廖姑娘一案，那将让人略微松口气。

郭大夫进来后，狄公与他寒暄了几句。他重又在书案后坐下，挥手示意郭大夫坐在凳子上。然后狄公说道：

"你是个药师，应该能告诉我凶手是如何弄到那毒药的。这药一定很稀有吧！"

郭大夫将一缕头发从前额撩开，两只大手搁在膝上，说道：

"大人，很遗憾，那毒药很容易弄到。要是少量使用，那是一味很好的保心药，因而多数药房都有存货出售。"

狄公叹了口气，说："看来，我们无法指望从这儿获取线索了！"他把七巧板纸片放到面前，将它们没有目的的换来换去，继续说道："或许这个拼图是个线索。"

罗锅郭大夫摇摇头，难过地说道：

"大人，我不这样想。那毒药会引发难忍的疼痛，一会儿人便死去了。"

"但蓝师傅是个具有超坚强意志之人。"狄公道，"他拼七巧板十分拿手。他知道自己无法开门叫唤伙计，因此我认为他试图以此方式来说明凶手是谁。"

郭大夫道："的确如此，他拼七巧板很在行。他来我家时，经常一会儿工夫就能拼出各种各样的图形，令我夫妇十分惊奇。"

狄公道："可我看不出这个图案指的是什么。"

"大人，蓝师傅为人十分善良。"郭大夫思忖着说道，"他知道集市上那些无赖经常推搡羞辱我，于是便不辞劳烦地专为我创出一套新的拳法，适合我这样腿弱而手臂强壮的人，然后他耐心地将拳法传授给我，自那以后再也没人敢来烦我。"

狄公未听到郭大夫说的最后几句话。他摆弄着七片纸片，突然发现自己拼出了一只猫的图形。

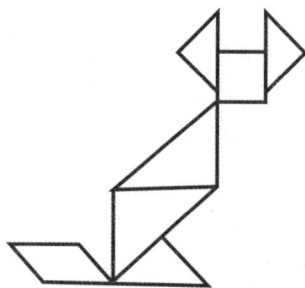

　　他很快将纸片重新打乱，然后重新摆弄它们。下的毒药，茉莉花，猫……他不愿顺着这逻辑想下去。当狄公抬头望见郭大夫吃惊的神情时，他赶紧掩盖住自己的失措说道：

　　"是的，我突然想起昨晚遇到的一件怪事。我将一个迷路的小女孩送回家去，可她母亲却辱骂了我。她是个寡妇，一个令人很不爽的人。从孩子天真的话语中，我推测她一定有个秘密情人。"

　　"她叫什么名字？"郭大夫好奇地问。

　　"她是陆陈氏，开着一家棉花店。"

　　郭大夫僵直地坐着，叫道：

　　"大人，那是个可憎的妇人！五个月前她丈夫去世，我跟她打过交道。那是件怪异的事！"

　　狄公仍为发现拼出的是猫而困惑着，他想起蓝师傅经常去药铺。他不经意地问道：

　　"那棉商之死有何怪异之处？"

　　郭大夫犹豫了一下，答道：

　　"那件事，大人的前任处理得实在有点草率。不过那时鞑靼

狄公与仵作郭大夫（高罗佩　绘）

部落正好袭击北军，成群结队的难民涌入城中。当时的县令忙得不可开交，我很理解他不想多花时间处理一名死于心脏病的棉商之事。"

"他为何要去关心呢？"狄公问道，很感谢郭大夫岔开了话题。"尸格会显示出任何可疑之处的。"

罗锅郭大夫看上去不太开心。

"大人，问题在于，"他慢慢地说道，"根本就没有验过尸。"

此刻狄公已专心在听了。他往后靠在椅背上，断然道：

"把实情告诉我！"

郭大夫开始回忆："一天午后，陈氏与这儿有名的匡大夫来到衙门。匡大夫称，中午吃饭时陆明说头疼，便躺在床上。不久他妻子听见他发出呻吟，可等她进房时他已经死了。她叫来匡大夫检查尸体。陈氏告诉他，说她丈夫时常称心脏不好。匡大夫问说他中午吃了什么，陈氏说吃得很少，但为消除头疼喝了两大杯酒。于是匡大夫签了证明，称陆明死于过量饮酒所引发的心病。大人的前任便按此登记了死因。"

狄公仍不发一言，罗锅继续说道："我碰巧认识陆明的兄弟。他告诉我，他在帮着给尸体穿衣服时，发现脸并未走色，但双眼却从眼窝中突出来。这些症状说明，是脑后受了重击，因此我去找陈氏问更多的详情，但她却对我大喊大叫，骂我是多管闲事。于是我斗胆向县令禀告了此事，可他说他对匡大夫的证词很满意，认为没有道理再去验尸。这事就这样了结了。"

"你没跟匡大夫谈过吗？"狄公问道。

"我试了几次，但他均避开我。"郭大夫答道，"接着有人谣传，说匡大夫好弄巫术。他随南下去的难民出了城，人们再也没有听到过他的消息。"

　　狄公轻轻捋着胡子。

　　"那可真是件怪事。"他终于说道，"这儿还有人搞巫术吗？你知道，按律法那可是死罪！"

　　郭大夫耸了耸肩，说道："北州的许多家庭都有鞑靼血统，想想吧，他们都有鞑靼巫术的秘密传统。有人认为，他们念咒语、焚烧或割去别人画像中的头就能杀死他们。还有一些人据说也懂神秘的道家之术，相信有女巫或妖精当情人可以延年益寿。我以为这些不过是野蛮人的迷信而已，但蓝师傅曾仔细研究过，并告诉我这些说法中有些是真的。"

　　狄公不耐烦地说："我们的孔圣人曾明言警告我们不语怪力乱神。我从未想到如蓝涛奎这般聪明的人，也会在那些怪异的事情上浪费时间。"

　　"大人，他是个兴趣广泛的人。"郭大夫踌躇地说道。

　　"不过，"狄公继续道，"我很高兴听你讲陈氏的那件事。我想我会传她前来，查问她丈夫死亡的详情。"

　　狄公拿起一份公文，郭大夫赶紧躬身告退。

十二

▼

狄县令踏雪访药山
陆泼妇抗令拒传唤

　　郭大夫出去刚关上门，狄公便将公文扔在案上。他抱着双臂，坐在那儿，徒劳地想理清脑子里乱糟糟的思绪。最后他起身换上猎服。稍许活动一下或许会使他头脑清醒。他命马夫牵来最心爱的马，骑马出衙而去。

　　他先策马绕旧校场跑了几圈，然后来到大街上，走北门出了城。他让马在雪中慢慢前行，沿着大路通向广袤的白色平原。天空呈铅灰色，看来又要下雪了。

　　道路右侧有两块巨石，上面标识着记号，说明是通往药山的狭窄小道的起点。狄公决定从那儿爬上山去，爬完山后便打道回衙。他骑着马沿小路来到一个陡坡处便下了马。他拍了拍马脖，将马缰系在一棵树桩上。

他刚要爬山，忽又停住了。雪地上有两行刚踩出的小小的脚印。他犹豫是否该上山去。最后他耸了耸肩，开始爬山。

山顶之上除去一棵缀满小红花苞的腊梅树外，光秃无物。在山顶另一侧的木栏杆旁，一个身穿灰色毛皮衣的妇人正用一把小铲在雪中挖着什么。她听到狄公厚靴子踩踏积雪发出的咯吱声，便站直了身体，向右侧转过身来。她迅速把铲子放到脚边上的篮子里，深深地鞠了个躬施礼。

"我明白了，"狄公道，"你在采月亮草。"

郭夫人点了点头。毛皮风帽映衬着她细腻的脸，令人欣羡。

"大人，我的运气不太好。"她微笑道，"我只采到了这么一些。"她指了指篮内的一把植物。

"我来此稍微活动一下。"狄公道，"我想清理一下思绪。蓝师傅被害一案沉甸甸地压在我脑子里。"

郭夫人的脸突然沉了下来。她紧了紧外衣，喃喃地说道：

"真是难以置信！他是那样健壮！"

"即便最强壮的人也难敌毒药啊。"狄公淡淡地说道，"对于那个施暴之人，我已有了明确的线索。"

郭夫人睁大了双眼。

"大人，那个男人是谁？"她用几乎无法听清的声音问。

"我可没说那凶手是个男子！"狄公马上说道。

她慢慢摇了摇她小巧的头。

"那一定是个男子！"她肯定地说，"我时常见到蓝师傅，因为他是我丈夫的朋友。他对我丈夫总是很友善，彬彬有礼，对我也是如此。但人们仍会觉得他对女人的态度是……不同的。"

"此话怎讲？"狄公问。

"嗯，"郭夫人慢慢地答道，"他似乎⋯⋯意识不到她们的存在。"她的双颊上露出了一抹红晕，遂低下了头。

狄公觉得很不自在。他走到栏杆边，往山下看去，迅即又情不自禁地往后退了几步。崖壁笔直地往下有近二十米，山脚下尖利的石块从雪地中突了出来。

他再朝下面更远处的平原望去，一时无语，不知道接下去该说什么。意识到还有另一个人⋯⋯这一念头奇怪地烦扰着他。他转过身去，问道：

"前两天我在你家见到的猫，是你丈夫养的还是你养的？"

"大人，是我们俩一起养的。"郭夫人平静地回道，"我丈夫不忍心见动物们遭罪，他常把无主流浪猫或是病猫带回家，然后由我照看它们。现在我们已养了有大大小小七只猫了。"

狄公心不在焉地点点头。当目光转到了梅树上，他说道：

"等梅花都开了，一定很好看。"

"是的，"她热切地说道，"这些日子梅花随时会开的。记得是哪位诗人写过⋯⋯人们能够听到花瓣落在雪上⋯⋯"

狄公知道那首古诗，但他只是说道：

"我只记得确有这么几行诗。"接着他简略地说道："郭夫人，我得回衙门去了。"

她深深地鞠了一躬，狄公便往山下走去。

在用简单的午膳时，狄公再次想起他与郭大夫的对话。衙役送茶进来时，狄公命他去把班头叫来。

"到城隍庙附近那家陆记棉花店走一趟，"他命令道，"把陈氏传来。我要问她几个问题。"

班头去后，狄公慢慢地啜着茶。他懊悔地想，重提陆明之死这桩旧事可能非常愚蠢，因为衙门目前有两件凶杀案尚未解决。可郭大夫所讲的事激起了他的好奇，也让他的思绪从一直深深困扰着的疑惑中转移开去。

他躺在榻上小睡片刻，却也无法入眠。他辗转反侧，努力想记起那首关于花瓣掉落的诗歌全文。他突然想起来了，那是约两百年前一名诗人所作，题为《冬夜闺怨》。诗这样写道：

> 寒冬孤雁鸣空音，寂寞芳心泣无声。
> 旧事历历逝欢娱，悔痛漠漠留长恨。
> 新欢可抚旧时痛，腊梅除夕吐新红。
> 推窗但见雪树摇，耳边又闻落花声。

这首诗并不很出名，她可能只是看到过某处引用的最后两行；或者她熟知整首诗，故意提及它？狄公恼怒地蹙紧了眉头，猛地跳了起来。他一直只对教诲性的诗篇感兴趣，而认为情诗是浪费时间。然而此刻他发现这首诗中蕴含有深刻的情感，而对此他以前从未留意到。

他对自己很是不满，便走到茶炉边，用热毛巾擦了把脸，然后在书案后坐下，开始批阅老书吏送来的公函。班头进来时，狄公正在专心地伏案批阅。

狄公见班头一脸的不爽，问道：

"班头，出了何事？"

班头紧张地用手指捋了捋自己的胡子。

"禀告大人，"他回道，"那陈氏拒不跟我来衙门。"

"竟如此大胆？"狄公吃惊地问道，"那妇人以为自己是何许人也？"

班头懊悔地继续说道："她说我没有捕文，她拒绝来此。"狄公正要生气地发话，班头赶紧又讲："她高声辱骂我，引得一群人围观。她喊道，天底下还有没有王法，没有正当理由衙门无权传唤一名正派的女子。我试图把她拖来，但她反过来打我，众人都帮着她说话。故此我想最好还是回来听大人示下。"

"她想要捕文，我就给她一份！"狄公愤怒地说。他拿起毛笔，飞快地填写好一张公文交给班头，说道："带四名衙役去，把那妇人带来！"

班头迅速离去。

狄公开始在屋内踱步。那陈氏真是个泼妇！相比之下，自己真是幸运，拥有贤淑的妻妾。他的大夫人是个很有教养的女人，是他父亲最好朋友的长女。他们之间有很好的默契，相互理解。在面对巨大压力时，这对他而言是一个极大的安慰，而他们的两个儿子则是快乐之源。他的二夫人虽没受过什么良好文化，但漂亮识礼，有见识，极有效地管理着他的大家庭，而她为他养的女儿和她有着同样稳重的性格。他的三夫人是他在蓬莱首任官上娶的。因为一些可怕的变故，她的家人遗弃了她，狄公将她带回家当了大夫人的丫头。大夫人十分喜欢她，不久便坚持让狄公娶她为三夫人。起先狄公曾反对，他认为那是利用了她的报恩之心。但当她倾吐心声，说她真的喜爱他时，他便答应了，并且从未后悔过。她是个好看且活泼的年轻女子。现在他们四人可以一起玩骨牌，那非常不错，因为那是他最喜爱的游戏。

他突然想到，北州的生活对他的妻妾来说一定很是无聊。他打定主意，年关已近，他要去为她们挑些上好的礼物。

他走到门口，唤来衙役。

"我的那几位随从一个都还未回来吗？"他问道。

"还没有，大人。"衙役回道，"他们在文案馆与楚大远楚老爷商议了很久，然后便一起出去了。"

"叫马夫把马牵来。"狄公说道。他想趁几位随从搜集蓝案的情况时，自己去看看潘峰。路上要经过叶平的纸店，还可顺道查问一下叶泰是否已经露面。他心中一直有种不安的感觉，叶泰不露面越久，就意味着新的麻烦正在酝酿中。

十三

▼

狄公在纸铺前勒住马，对站在门口的小二说要见叶平。

老纸商慌忙出来，恭敬地请狄公入内用茶。但狄公并未下马，说是只想知道叶泰是否已经回来。

"还没有，大人。"叶平说道，面露忧色，"他仍未露面！我派小二到他常光顾的饭馆、赌场去找过，可没人见过他。我越来越担心怕他出了意外。"

"要是今晚他还不回来，"狄公道，"我便命人四处张贴布告，并通报大军的巡逻队。不过我并不担心，你兄弟可不是个轻易遭强盗或其他恶棍戕害之人。晚饭后即来报与我听。"

他策马骑至潘峰居住的那条街，再次感觉到这个区域是何等荒凉。即便此刻已近晚饭时间，街上依旧寥无一人。

狄公在潘宅前下马，将马缰系在墙上的铁环上。他用马鞭握柄在门上敲了许多下，潘峰这才姗姗前来开门。

　　见是狄公，潘峰十分惊讶。他引着狄公进到客厅，十分歉疚地说屋里没有生火。他说道：

　　"我马上去把作坊内的铜炉搬来！"

　　"不必劳动了，"狄公道，"我们就去那里说话。我很喜欢看看人们干活的场所。"

　　"可那里乱七八糟的，"潘峰大声道，"我刚开始整理东西！"

　　"无妨。"狄公爽脆地说道，"前面带路吧！"进去后他才发现，那狭小的作坊看起来更像是一间堆杂物的房间。一些大大小小的瓷花瓶散放在地上，边上有两只包装箱，桌上零乱地堆放着书册、盒子、包裹。铜炉内的木炭闪着红光，倒使小房间十分暖和。

　　潘峰帮狄公脱下厚厚的毛皮外衣，请他在炉旁凳子上坐下。古董商急急地跑去厨房沏茶，狄公则好奇地看着桌子，一块油腻的抹布上搁着一把沉重的砍刀。显然，狄公敲门时，潘峰正在忙着擦拭。他的目光转到了桌子边上一块湿布盖着的方形物件上。他好奇地刚要去揭开湿布时，潘峰进来了。

　　"别碰！"他喊道。

　　狄公吃惊地看了他一眼，潘峰急忙解释道：

　　"那是我正在修的小漆台，大人。光手可不敢去触碰未干的油漆，那会引发严重的皮肤感染。"

　　狄公隐约记起听说过油漆中毒的痛苦。潘峰倒着茶，狄公道：

"你这把砍刀看上去十分漂亮！"

潘峰拿起了那把大刀，用大拇指小心地试着刀刃。

他回答道："是的，这把刀已有五百多年了。这刀原是用来宰杀庙内祭祀用的牛的，可刀锋依然极好！"

狄公喝着茶，留意到屋内非常安静，一丝声响也听不到。

他突然说道："很遗憾，我必须得问你一个尴尬的问题。杀害你妻子的凶手事先知道你要出城去，你妻子一定告诉过他。有无迹象表明你妻子与另一男子有染？"

潘峰脸色发白，不安地看了狄公一眼。

他不悦地答道："我得承认，最近这一阵子，我注意到我老婆对我的态度有些变化。我很难把这些事说清楚，不过……"

他迟疑了一下，见狄公未说话便继续道：

"我不想随便责怪别人，可我不禁认为叶泰与此事有关。我出门时他常来见我老婆。大人，贱内略有些姿色，有时我怀疑叶泰试图说服她离开我，这样他便可以把她卖给有钱人做妾。贱内喜爱奢华，我也自然从未给过她任何昂贵的礼物……"

"除了那些镶着红宝石的金镯子？"狄公淡淡地说。

"金镯子？"潘峰吃惊地叫道，"大人一定搞错了，她只有一只她姑妈给的银戒指。"

狄公站起身来。

"潘峰，不要糊弄我。"他厉声道，"你跟我一样清楚，你妻子有两只沉甸甸的金镯子和几只纯金的发针。"

"大人，不可能！"潘峰激动地说道，"她从没有那样的东西！"

"跟我来，"狄公冷冷地说，"我来给你看看那些东西！"

他走进了卧室，潘峰紧跟在后。狄公指着那几只衣箱命令道：

"打开最上面那只，你会在里面找到珠宝的。"

潘峰打开箱盖，狄公见箱子内杂乱地装着一堆妇人的衣服。他清楚地记得，那天衣服是整整齐齐叠好放在里面的，搜查过后陶干又把衣服小心地放了回去。

他仔细看着潘峰将衣服取出，堆在地上。箱子清空后，潘峰松了口气大声道："大人瞧，里面没有珠宝！"

"让我来！"狄公把潘峰推开到一旁。他弯腰揭开箱底的暗格盖。里面空空如也。

狄公站直了身，冷冷地说道：

"潘峰，你可不是个很聪明的人！把那些珠宝藏起来可没有用处。快说实话！"

"大人，我发誓，"潘峰诚恳地说道，"我甚至都不知道还有那个暗格！"

狄公站在那里想了一会，然后慢慢地扫视了一遍房间。突然，他走到左边的窗户旁，拉了一下看上去有些弯曲的铁格栅。铁格栅断成了两截。他摸了摸其他铁栅，发现所有的都是被锯断后又被小心地按原位放好的。

"你不在时窃贼曾来过。"他说道。

"可我从衙门回来时，我的钱分文未少！"潘峰惊讶地说。

"那些衣服是怎么回事？"狄公问道，"当时我搜查这房间时，那只箱子是装满的。你能告诉我少了些什么衣服吗？"

潘峰在皱巴巴的衣服堆里翻寻了一遍，说道：

"是的，有两件相当值钱的厚织锦带貂皮镶边的袍子找不到了，那是我老婆姑妈送她的婚嫁礼物。"

狄公缓缓地点了点头，朝四下看了看，道："似乎还少了样什么东西。让我想想……对了，那边墙角还有张小红漆台。"

"噢，是的，"潘峰道，"就是我在修的那张。"

狄公一动不动地站着，陷入了沉思。他的手指轻捋着长髯，脑子里渐渐出现了一个图案。

他有多么愚蠢，居然未曾早些想到这个！那些珠宝物品一直就在那里。一开始罪犯就犯了个大错，而他竟未注意到这点！不过现在一切都吻合了。

狄公终于从沉思中回过神来。潘峰一直在焦虑地看着他。狄公道：

"潘峰，我相信你说的是实情。我们回作坊去吧。"

狄公慢慢喝着茶。潘峰戴上手套，揭开了湿布。

"这便是大人刚才提及的红漆台，"他说道，"这是件相当好的老货，可我得重新上层油漆。那天在去五羊村前，我把它放在卧房角落里晾干。可惜后来一定是有人碰了它，我今晨察看时发现上面有一大块污迹，所以眼下我正在修复那个角。"

狄公放下茶杯，问道：

"会不会是你妻子碰了？"

"大人，她知道不可以碰的。"潘峰微笑着回答，"我时常警告她油漆有毒，她知道那是何等痛楚！上个月棉花店的陈氏到我这里来遭了一回罪。她的手肿起来，手上全是疮。她问我该怎么治，我告诉她……"

"你是如何认得那妇人的？"狄公打断他的话。

潘峰说道："她还是个孩子时，她父母住在西城，我先前住在她家隔壁。她成亲后我就未再见过她。倒不是我不关心，而是我从来不在乎那家的妇人。她父亲是个正派商人，可她母亲是鞑靼人后代，喜欢巫术。那女儿也有同样的怪癖，总是在厨房里调配奇异的迷药，有时会神志恍惚，然后说些可怕的话。显然她知道我家的新地址，于是来问我如何治她的手。她还告诉过我她丈夫已经去世。"

"那真是非常有意思。"狄公道。他同情地看了看潘峰，然后又说："潘峰，现在我知道是谁干下的了！不过罪犯是个危险的疯子，对付这样的人要极其小心。今晚你待在家里，把卧房的窗户用木板钉上，把前门锁上。明天你便会明白是怎么回事。"

潘峰目瞪口呆地听着。狄公未让他有隙问问题。他谢过潘峰的茶，然后离去。

十四

▼

俏寡妇衙门耍无赖
泼陈氏公堂受刑罚

狄公回到衙门，马荣、乔泰和陶干已在书房内等他。一看他们阴沉着脸，便知他们没有打探到好消息。

"楚大远想出了一个极佳的计划。"马荣闷闷不乐地禀报道，"但我们未能发现进一步的线索。楚大远和乔泰去拜访了那些有头有脸的人，写了一份蓝师傅徒弟的名单，便是这份。不过看上去没什么指望。"他从袖中取出一卷纸，呈给狄公。狄公浏览着，马荣继续道："我自己与陶干、洪亮去搜查蓝师傅家。一切都劳而无功，我们甚至未发现蓝师傅与人有过过节。然后我们查问了蓝师傅的主要助手，一个叫梅成的不错小伙子。他跟我们讲了些可能要紧的事。"

直至此刻，狄公并未在仔细聆听，他的思绪仍萦绕在潘家的

· 117 ·

惊人发现上。不过听到最后，他坐直了身子，急切地问："是何事？"

马荣接着道："他说有次夜间偶然到蓝师傅家，听见他在跟一名妇人说话。"

"那妇人是谁？"狄公紧张地问。

马荣耸了耸肩，道：

"梅成未看见她，他只是透过门听到了几句无关紧要的话。他听不出是哪个妇人的声音，但却留意到她似乎很生气。梅成乃一耿直诚实的年轻人，他从不想去偷听他人说话，故而马上就走开了。"

"不过，那至少证明蓝师傅确实与某个妇人有干系！"陶干急切地说道。

狄公不置可否，而是问道：

"洪亮在哪里？"

马荣回道："在蓝家办完事后，洪亮便去集市向那两个年轻人询问那个鞑靼家伙的外貌了。他说会回来用晚膳的。乔泰先送楚大远回家，然后与我们在蓝家碰头。"

衙内响起了三声铜锣声。

狄公皱眉说道：

"该升晚堂了。我传了陈氏来，她是个寡妇，其夫死得可疑。我打算问几个惯常的问题便让她回去，希望晚堂间没有其他新的事情报上来。因为今天下午我在潘峰家有了重要的发现，或许能解开那儿发生的邪恶罪案。"

三名随从七嘴八舌的发问，但狄公摆了摆手。

他说道："等晚堂结束、洪亮也回来后，我会跟你们解释我

118

的推测。"

他站起身，陶干很快帮他穿上官袍。

狄公看到公堂上又聚集了一大群人，他们都急切地想听到蓝涛奎被害一案的最新消息。

狄公升堂，先宣布拳师被毒死一案的调查已取得了很大的进展，衙门业已掌握了一些重要的线索。

接着他给牢头签发了一张解条。当人们看到郭夫人将寡妇陈氏带上堂时，人群顿时骚动了起来。班头将她引到案前，郭夫人退在了一边。

狄公注意到，陈氏刻意打扮过自己。她脸上轻敷朱粉，双眉仔细描过，身穿一件样式简单的深褐色棉袍，整个人显得楚楚动人，但脸上的朱粉却难掩她樱桃小口唇线露出的残忍。在石板上跪下前，她飞快地看了狄公一眼，但并未认出他来。

"报上姓名职业！"狄公命令道。

陆陈氏刻意控制着嗓音回道："民妇陆寡妇，名陈妮，看管先夫陆明的棉花店。"

这些细节按例被记录下后，狄公说道：

"我本准备要你说明一下你丈夫死时的情形，故而派人传你前来回答几个简单的问题。因你拒绝自愿前来衙门，本县只得签发捕文，现在就在公堂之上查问。"

陈氏冷冷地道："我丈夫在大人来此上任前便死去了，已由大人的前任按例登记备案。民妇不明大人为何又问及此案。据民妇所知，并无人到衙门来首告民妇。"

狄公暗想，此妇人聪明机变，能言善辩。他直截了当地说道：

"本县认为，根据本衙仵作的意见，有必要核实一下你已故丈夫病情。"

陈氏突然站起身来。她侧身对着众人，高声叫道：

"难道一个罗锅就可以对一名正派的寡妇进行中伤吗？大家都知道，身体残疾之人心性也是畸形的。"

狄公一拍惊堂木，愤怒地高声喝道：

"那妇人，不得辱骂本衙官员！"

"这是什么样的衙门！"陈氏轻蔑地说，"县令大人，昨夜你难道未曾乔装改扮来过我家？我未让你进门。今天你难道未曾连捕文都没有就派人私下来叫过我？"

狄公气得脸色发青。他竭力地控制住了自己，用平和的语气说道：

"这妇人藐视公堂，例判处抽她五十鞭！"

旁听人群中传出了一阵低语，显然他们并不认同。但班头已迅速走到陈氏身边，抓住她的头发，逼她跪下。两名衙役把她的棉袍和内衣扯至腰间，另两名衙役一人一边踩住她的小腿，将她双手捆在背后。班头甩了下轻鞭，鞭子嗖嗖地响着。

几鞭以后，陈氏尖叫道：

"狗官！他是这般对一个拒绝了他的正派女人出气！他……"

鞭子抽上她光着的后背，她的声音变成了狂号。可当班头停下来，用一块木签记下已经打到十鞭的时候，她高声喊道：

"蓝师傅被谋害了，而那个狗官只想着勾引良家妇女。他……"

因藐视公堂，陈氏遭惩处（高罗佩 绘）

鞭子又落了下来，她只是尖叫着。班头抽到第二十鞭时，她试图要说话，却一句也说不出来。又被打了五鞭后，她脸朝下，倒在地上。

狄公示意班头抬起她的头，在她鼻子下用辣香熏，直至她醒转过来。她终于睁开了眼，但身体太虚弱无法坐起来。班头只得扶着她的肩膀，另一名衙役揪着头发抬起她的头。

狄公冷冷地道："陈氏，你藐视公堂，已受了定下的半数惩罚。明日再来审你。余下一半鞭数是否还要抽你，就要看你自己的表现了。"

郭夫人上前，与三名衙役一起把陈氏抬回监牢。

就在狄公要举起惊堂木宣告退堂之时，一名老农走上前来，滔滔不绝地诉说，在外面街角不小心撞上一名拿着一托盘脆饼的小贩。老农说的是当地土语，狄公听得十分困难。最后他终于明白是怎么回事。老农十分愿意赔偿五十只饼的损失，因为那个数目差不多是托盘上的饼数，可小贩却坚持说有一百只饼，要他赔一百只饼的金额。

接着小贩跪在案前，他说的话更难听懂。他发誓说盘里至少有一百只饼，指责老农是个无赖、骗子。

狄公觉得又累又紧张，他努力把注意力集中在这场纠纷上。他命一名衙役跑到外面去把碎饼捡来，再到摊头上买只饼一起拿到衙门，又命书吏去取一杆秤来。

两人领命出去，狄公往后靠在椅子上，又想起陈氏那令人难以置信的无礼。当然，唯一的解释便是，她丈夫的死确实有很大的问题。

衙役拿着用油纸包着的碎饼回来。狄公将纸包放在秤上称。碎饼重约两斤半。然后他称了称买来的饼，重约不到半两。

"将那说谎的小贩打二十大板！"狄公厌恶地对班头喝道。

人群中传来喝彩声，他们喜爱这种迅速而公正的判决。

惩处完小贩，狄公退堂。

书房里，狄公擦去额头的汗水。他踱着步，大发雷霆：

"我任县令十二年，曾处置过一些恶妇，可从未见过陈氏这样的刁妇！竟然对我那般恶毒地含沙射影！"

"大人为何不立刻否认那恶妇的指责呢？"马荣愤愤不平地问。

"那只会使事情更糟。"狄公声音疲惫地说道，"不管怎样，我的确是在晚上去过那儿，而且是乔装改扮过的。她很聪明，十分清楚如何赢得众人的同情。"

他怒不可遏地扯着胡子。

陶干说道："我以为她并不那么聪明。她的上策应是平静地回答所有问题，并提及匡大夫的证明。她应该知道，如此大动干戈，只会让我们认为她确实谋害了自己丈夫。"

"她根本不在乎我们是怎么想的。"狄公怨恨地说道，"她只是出来想阻止我等对陆明之死进行第二次调查，因为那会证明她有罪。为实现那个目的，她今天兜了很大一个圈子。"

"我们得极其小心地处置此事。"乔泰道。

"确实应该小心从事！"狄公道。

班头突然冲进了书房。

他激动地说道："大人，刚才有一个鞋匠来衙门，带来了洪参军的紧急口信！"

　　洪亮漫无目的地从街头摊位一个一个走过去。见暮色降临，他想还是返回县衙去。

　　他耐心地询问和那鞑靼青年一同进浴室的另两名年轻人，但收获甚小。除了先前狄公盘问过的年轻人提供的情况，他们未能提更多的情况。两人说他们以为那鞑靼人是另一个年轻人而已，唯一令他们有印象的是他脸色苍白。他们未曾注意到那缕头发。洪亮猜想第一位青年可能是误将一片围巾当成头发了。

　　他在一家药房前站着看了一会儿，想要辨认出柜台前托盘内放着的奇形怪状的根茎和干枯的小动物。

　　一身材高大的人与他擦身而过。洪亮回转身去，看到一个宽阔的背影以及一顶尖尖的黑色风帽。

洪亮迅速挤过闲逛的人群，刚好看到那人消失在下一个街角。

他赶忙跟了过去，又看到了他正站在珠宝店的柜台前。戴风帽的人要了什么东西，珠宝商拿出一只盛着熠熠发光物件的托盘，那人开始细看起来。

洪亮尽量向前靠近，急切地想看一眼那人的脸，但风帽侧面却把他的脸挡住了。洪亮走到珠宝店旁边的面摊，要了一碗面。摊主捞面时，洪亮则紧盯着那个戴风帽的男子。此时，另外两名顾客在跟珠宝商说话，挡住了洪亮的视线，他只看见戴风帽男子戴着手套的双手正在察看一只装满红宝石的玻璃碗。他脱掉一只手套，拿起一粒红宝石，放在右手掌，并用食指摩挲着宝石。另两个买主走开后，洪亮才完全看清楚那个人。但他低着头站在那儿，洪亮仍然看不到他的脸。

洪亮很兴奋，连面都几乎吞不下去。他见珠宝商双手往上举着，开始滔滔不绝地说话，显然正在跟戴风帽的男子讲价钱。不过，尽管洪亮伸直了耳朵，但旁边吃面的人嘈杂的说话声让他什么也听不见。

他很快地吃了一口面。再抬头看时，只见珠宝商耸了耸肩，并将一样细小的东西包在纸内，交给了戴风帽的人。那人立刻回转身，消失在了人群中。

洪亮把碗放在柜台上，碗里还剩有半碗面，然后便跟踪而去。

"喂，老爹！你难道嫌我的面不好吃？"面贩愤愤然叫道，但洪亮没空理会他。洪亮又发现了那个戴风帽的人，他走进了一家酒馆。

洪亮松了口气，停下脚步。他从人群的头顶上望过去。他很艰难地认出满是灰尘的店招上那模糊不清几个字：春风酒店。

洪亮细细辨认着经过的行人，想找一个认识的人，但只见到了那些苦力和小商贩。突然他认出了一个鞋匠，他偶尔会去他店里买鞋。他飞快地抓住那鞋匠的衣袖。那人张开嘴刚要发怒责问，见是洪亮，便满脸堆笑。"洪老爷一向可好！"他礼貌地问道，"小人何时可以有幸能为您做一双优质的冬靴啊？"

洪亮将他拉到街边，从袖子中取出用来放通行牌的褪色银织缎小包以及一块碎银。

"听着，"他低声道，"我要你以最快的速度跑去衙门，求见县令大人。告诉门卫你有我的紧急口信，出示这个通行牌盒子做凭证。见到狄大人后，叫他和其他三名随从马上到那边的酒馆来拘捕一个人。拿去，这银子是给你的酬劳！"

鞋匠看着银子，睁圆了双眼。他刚对洪亮连声道谢，洪亮立刻便打断了他。

"快去！"他催促道，"跑得越快越好！"

然后，洪亮来到酒馆，走了进去。

酒馆比他想象的要大，里面有五十多人，三三两两地坐在松木桌边，边喝着廉价的烈酒，边高谈阔论。一名阴沉着脸的小二跑来跑去，手上托举着一盘的酒壶。

洪亮透过油灯冒出的烟雾迅速扫视了一下酒店。他没看到有戴风帽的人。

他从桌子间走过去，突然看见饭店后面窄门边的一个角落，正够摆放一张小桌子。戴风帽的男子正坐在那儿，背对着外间。

洪亮心中一沉，看着那人面前的酒壶及那扇窄门。他知道，在这样的下等酒店，人们买了东西就会立刻付钱。要是戴风帽的人决定走人，他随时都可离去。他必须不惜一切代价将那人留在酒馆内，等待狄公的到来。

洪亮走到那个角落，在戴风帽人的肩头上拍了拍。那人吃了一惊，转过身来。他适才察看的两块红宝石掉到了地上。

洪亮认出了那人，脸色变得苍白。

"你在这里干什么？"洪亮难以置信地问。

那人飞快地朝喝酒的人们看了一眼，没人注意到他们。他把手指放在嘴唇上。

"坐下！"他低声说道，"我与你详细道来。"

他将一只凳子拉至身边，让洪亮坐下。

"现在仔细听着！"那人说道。在洪亮俯过身的同时，他右手从袖子里拿出了一把长而薄的刀，闪电般飞快地将刀深深刺入洪亮的胸膛。

洪亮双眼大睁，他想叫喊，但嘴里却喷出了一股鲜血。他往前倒在桌子上，呻吟着咳嗽起来。

戴风帽的人非常冷漠地看着他，同时留意着酒馆内的情形。没有人朝他们这边看。

洪亮的右手在动。他用抽搐着的手指在桌上的血中写了个姓氏，接着身体惊厥地摇了几下，便一动不动了。

戴风帽的人轻蔑地将字迹抹去，并在洪亮的肩上擦了擦沾了血的手指。他又飞快地看了一眼正在喝酒的众人，站起身，打开后门走了出去。

狄公带着马荣、乔泰和陶干跑进通往春风酒馆的街巷时，看见一群人聚在酒馆门前的灯笼下，激动地谈论着。

狄公的心一沉。有人喊道："衙门查案的人来了！"

人们赶忙让开了道。狄公与三名随从奔了进去。狄公将站在最里面角落的人推开去。瞬时，狄公站在那里呆住了，低头看着洪亮的尸身倒在桌上的血泊中。

酒馆掌柜想说几句什么，但见到四人的脸色，急忙把话咽了回去，同时打手势叫其他人与他一起站到酒馆的另一头去。

过了许久，狄公俯下身，轻轻碰了碰死者的肩膀。接着他小心翼翼地抬起那长满灰白头发的头，解开袍子，察看伤口。然后他慢慢地又把头放回桌上。他把双手拢在袖子里，三名随从迅速转开了目光。他们看见了狄公的双颊满是泪水。

陶干第一个从这可怕的打击中回过神来。他仔细察看了看桌面，然后看了看洪亮的右手，说道：

"我想这位勇敢的人试图用自己的血写些什么。这儿有个很奇怪的污迹。"

"与他相比我们简直什么都不是！"乔泰满腔悲愤地说。马荣紧咬双唇，血顺着下巴滴了下来。

陶干跪下身，在地上搜寻起来。他站起身，默默地给狄公看他找到的两块红宝石。

狄公点了点头，用奇怪而沙哑的声音说道：

"我知道红宝石，可现在已经太晚了。"他顿了一下，又继续说道："问问掌柜，洪亮是不是跟一个戴黑风帽的人一起来的。"

马荣把掌柜叫了过来。店主吞了几次口水，然后才结结巴巴地说："我们……我们对此一无所知，大人！一个……一个戴黑风帽的人独自坐在这张桌子旁。我们都不认识他。小二说他要了壶酒，付了钱。那之后，这位可怜的爷一定是和他坐到了一起。小二发现他时，那个人已经走掉了。"

"那人长得什么样？"马荣朝他吼道。

"大人，小二只看见了他的眼睛。那人在咳嗽，他把风帽上的耳兜一直拉下来围住了嘴……"

"不用讲了！"狄公淡淡地打断了他的话，店主急忙走了开去。

狄公沉默着，他的随从们也无人敢说话。

突然，狄公抬起头来，用烧着怒火的双目盯着马荣和乔泰。他思考了一会，厉声对他们命令道：

"仔细听着！明日清晨你们骑马去五羊村。带上楚大远一起去，他知道有许多捷径可走。去村中客栈，要他们详细描述潘峰住在那里时跟他见面的那个人，然后直接与楚大远一起回衙门。听清楚了没有？"

他的两名随从点点头。狄公声音悲切地说道："将洪亮的尸体带回衙！"

他转过身，一语不发地离去。

十六

▼

次日，将近午时，三名骑客勒马停在衙门前。他们的皮帽上盖着雪。他们见许多人正排着队要进大门。

马荣吃惊地对楚大远说道：

"看来大人正在升堂。"

"那我们赶快进去！"乔泰悄声道。

陶干来到大天井迎候他们。

"大人必须特别升一次堂。"他告诉他们，"又有一些重要的发现，需要立刻处理。"

"我们去大人的书房，看看是怎么回事。"楚大远急切地说道，"可能有洪参军被害的情况。"

"楚老爷，马上就要升堂了。"陶干说道，"大人吩咐此刻不要去打搅他。"

乔泰道："那样的话，我们最好直接上公堂去。楚老爷，要是你跟着我们来，我们给你在主座旁找个位置。"

"能站到前排对我已经够好了。"楚大远答道，"不过你们可带我从后门进去，这样我就用不着从人群中挤过去了。看来人还真不少。"

三人进了走廊，从主座后狄公走的门进入公堂。马荣和乔泰走过去站在平台边上，楚大远则走过去站在衙役身后的第一排观众中。

挤满人的公堂上，传出一阵阵嘈杂的低语声，所有的人都满怀期待，看着高案后狄公坐的那张空椅子。

突然，公堂上一片肃静。狄公出现在台上。他坐了下来，马荣和乔泰见他的脸色比前一天晚上更为憔悴。

狄公一拍惊堂木，喝道："北州衙门本次特别升堂，审理古董商潘峰家中凶杀一案。"他看了看班头，命令道："取第一件物证！"马荣迷惑地看了乔泰一眼。班头捧着油纸包着的一个大包裹回来。他小心地将它放在地上，然后从袖中取出一卷油纸在案几一头铺开，再拿起包裹放在上面。

狄公俯过身去，很快地打开包裹。包着的油纸掉下来时，听审的人群中传出了一阵惊讶之声。案上放着的是个雪人头。雪人的双眼是两块闪着光芒的红宝石，似乎正用恶毒的目光看着众人。

狄公一言不发，两眼紧盯着楚大远一动不动。

楚大远一步一步慢慢走上前来，他的眼睛看着雪人头。狄公做了个不容抗拒的手势，衙役们向两旁迅速让开。楚大远走向公案，就在雪人头下方站下。他抬头用奇特而茫然的眼神盯着它。

突然他用怪异而暴躁的声音说道："把我的红宝石还给我！"

他抬起戴着手套的双手。狄公的手迅速伸出去，用惊堂木拍打雪人头顶，雪四散裂开，一颗被割下的女人头呈现在案上，半边脸上盖着潮湿的发绺。

马荣惊恐地骂了一句，不由自主地从平台上跳下，要向楚大远扑去，但狄公的手铁钳般地抓住了他的手臂。

"待在原处！"狄公喝住他。乔泰跳到马荣身边，拉住了他。

楚大远静静地站着，看着妇人的头，脸上露出迷乱的神情。公堂上一片死寂。

慢慢地，楚大远转开目光，看着地面。他突然弯腰捡起与雪同时掉下去的两块红宝石。他脱下手套，把宝石放在肿胀、生满疮的左手掌上，用右手食指摩挲着。他宽阔的脸上布满了孩子般的微笑。

"美丽的宝石！"他低语道，"美丽的红宝石，如血滴一般！"

所有的眼睛都注视着这个怪异而粗重的身形，他仿佛像个孩子，在对着自己的玩具开心地微笑。没人注意到陶干带到公案前的那个戴着面纱的高个子妇人。她面对楚大远站着，狄公突然问道：

"你认出廖莲芳姑娘被砍下的头了吗？"

与此同时，陶干从那妇人脸上扯下了面纱。

楚大远似乎猛然间从梦中醒来。他的目光从面前女人的脸上投到了案上的头颅上，然后诡秘地笑着对那妇人道：

"我们得赶快用雪把它盖上！"

他跪下身，在石板地上摸索着。

人群中传出一阵窃窃低语声，很快，声音越来越响。狄公威严地抬起了手，人群立刻安静了下来。

"叶泰在何处？"狄公问楚大远。

"叶泰？"楚大远抬起头来问道，接着又高声大笑起来。"也在雪里！"他喊道，"也在雪里！"

他的脸突然一沉，看上去似乎很害怕的样子。他飞快地瞥了那妇人一眼，用哀伤的嗓音叫道：

"你得帮帮我！我还要更多的雪！"

妇人往后退着，靠着公案，双手捂住了脸。

"多些雪！"楚大远突然尖叫道。他疯狂地在石砖地上抓摸着，指甲被石板间的凹槽刮破了。

狄公向班头做了个手势。两名衙役抓住楚大远的双臂，将他拉了起来。他拼命地挣扎着，喊着骂着，嘴中流出了白沫。另外四名衙役冲上前去，费了很大的劲才为胡言乱语的楚大远戴上镣铐带走。

狄公庄重地宣布：

"本县指控财主楚大远谋杀了廖莲芳，怀疑他也谋害了叶泰。叶氏乃是他同谋。"

他抬手止住人群中发出的愤怒声，继续说道："今晨我搜查了楚大远家，发现叶氏独自住在一处偏僻的院子里。还在一个后花园里，从雪人身上找到了廖姑娘的头。此刻展现在你等面前的是个木制假头。"

接着狄公对那妇人喝道：

"潘叶氏，从实招出与被告楚大远的关系，讲清楚大远是如何绑架并最后谋杀了廖莲芳姑娘。"

"本县有确凿证据证明，叶氏是这些罪行的同谋，拟刑判她死罪。不过你倘能彻底交代，本县会判用较轻的处死方式。"

妇人缓缓地抬起头来，声音低低地招供道：

"犯妇约一月前在集市珠宝店的柜台前第一次遇见楚大远。他买了一只嵌有红宝石的金手镯。他肯定是注意到了我羡慕的目光，因为之后当我在别处向小贩买木梳时，我突然发现他站到了我身边。他开始和我搭话，知道我是谁后，说他常从我丈夫那儿买些古董。他对我有了意思，让我感到甚是高兴。他问是否可来看我，我很快便答应了，并说定了某天下午，因我丈夫那日要出门。他迅速地将手镯放在我衣袖里便走了。"

叶氏沉默了一会，犹豫了一会儿后低着头继续说道：

"那日午后，我穿上最好的衣服，烧暖了炕，备了一壶热酒。楚大远来后，与我说话温和，平等待我。他很快便喝完酒，但并没有提出什么我所指望的暗示。我脱下袍子时，他突然变得局促不安起来，等我脱掉内衣时，他便将脸转了过去，并且厉声叫我穿上衣服。然后他用更为温和的声音继续说，他发现我很漂亮，非常想让我做他的情妇，但我得帮他做件事，以证明我是可以信任的。我很乐意地便答应了，因为我很想与这个有钱人搭上关系，他肯定会大方地酬报我。我痛恨我在那座孤独的房子里所过的生活。而我攒下的一点点钱总是被兄弟叶泰拿走……"

她的声音渐渐低了下来。狄公示意班头递给她一杯苦茶。她贪婪地将茶水喝完，然后继续说道：

"楚大远告诉我，有个姑娘常跟一名老妇人定期去集市，要我跟他去那儿。他会把那姑娘指给我看，然后要我将她引开，并且不让那老妇人察觉。他说了日子和会面的地方，又给了我一只金镯子便走了。

"约定的那天，我与楚大远会面，他跟着我，一顶黑风帽遮住了半个脸。我试着接近那姑娘，可那老妇人一直紧挨在她身边，我只得作罢。"

"你认得那姑娘吗？"狄公打断她。

"不，大人，我发誓我不认识，"叶氏哭道，"我以为她是某个名妓。几日后我们又试了一次。当她们两人漫步至集市南区，在观看鞑靼人耍狗熊时，我站在姑娘旁边，按楚大远教我的话低声道：'于相公想见你。'那姑娘一句话未讲便跟我走了。

"我按楚大远讲的把她带到附近的一座空房，他就紧跟在我们后面。房门开着，楚大远飞快地将姑娘推了进去。他跟我说他以后会再去看我，便当着我的面把门给锁了。

"直到看到告示后，我才意识到楚大远绑架了一位名门家的小姐。我假借说帮丈夫给他带信匆匆赶去他家，求他放了那姑娘。可他说他早已秘密地把姑娘转移到自己家中某处僻静的院子，没人会知道她住在那儿。他给了我一笔钱，并答应很快会再来看我。

"三天前我在集市遇见了他。他说那姑娘找麻烦，试图引起他家里其他人的注意，他没处安顿她。由于我家在一个偏僻的街区，他想带她来待一晚。我回答他我丈夫当天要出门离开两天。那晚晚饭后，楚大远拖着扮成尼姑的那位姑娘来到我家。我想跟姑娘说话，可楚大远把我推到门口，命我出去，二更前别回来。"

叶氏将手捂住双眼。她再开口时声音听起来很沙哑。

"我回来时，发现楚大远坐在厅里，半清醒半恍惚的样子。我着急地问他出了何事，他语无伦次地告诉我那姑娘死了。我冲进卧房，看到他把姑娘勒死了。我吓得六神无主，跑回楚大远那里，告诉他我要叫里正来。我不在乎帮他做风流事，可肯定不愿意被卷入到凶杀案中。"

"这时，楚大远突然变得很平静。他简单明了地说，我早已是他的同谋，是要被判死罪的。不过他也许可将杀人事件掩盖起来，同时将我带回家做妾，不让任何人怀疑这件事。"

"说完，他便带我回到房里，逼我脱光衣服。他仔细检查了我全身，见我没有伤疤或大的胎记，说我很幸运，一切都会没事的。他从我手指上取下银戒指，然后要我穿上地上的尼姑大袍。我想先穿上内衣，可他很生气，将大袍扔到我肩上，接着又把我推了出去，叫我在厅里等。"

"我不知道在厅里坐了多久，因又冷又怕而浑身发抖。楚大远终于出来了，拿着两个大包袱。'我拿了砍下的那姑娘的头和你的衣服鞋子。'他平静地说，'现在人人都会以为那是你的尸体。你住到我家里去，做我心爱的情妇，会很安全的。''你疯

· 137 ·

了！'我叫道，'那姑娘可是个黄花闺女！'他突然大发雷霆，开始咒骂，嘴角上喷出白沫。'一个黄花闺女？'他对着我吼道，'我瞧见这个淫妇就在我家里跟我的账房干那档子事！'"

"他愤怒得直颤抖，把一个包袱放在我手里，我们便离去了。他叫我从外面锁上前门。我们在城墙的阴影里走着，去往他家。我害怕极了，忘了寒冷。楚大远打开屋后的一扇门，将一个包袱放在花园角落的灌木丛下，领着我穿过几条昏暗的走廊，来到一个独立的院子。他说那里可找到我要的一切用品，说完便走了。"

"我的房间陈设十分豪华，应有尽有，一名又聋又哑的老妇给我拿来的饭菜极佳。第二天楚大远来了。他似乎心事重重，只是问我把他给我的珠宝放在哪儿了。我告诉他在我衣箱中的暗格里，他说他会帮我取回来。我便要他顺便把我几件最喜欢的衣服也带来。"

"可是，第二天来时他说珠宝不见了，只给了我衣服。我要他和我待在一起，可他说手受了伤，第二晚再来。从那以后，我就再也没见过他。这些全是事实。"

狄公示意，年长的书吏将叶氏的供词念了出来。她无精打采地说没错，便在上面按了手印。

狄公严肃地说道：

"你行事非常愚蠢，必须用命来偿还。鉴于你是受楚大远唆使，是被他强迫干的，我会判处用较温和的方式将你处死。"

班头将哭泣着的叶氏带至边门，郭夫人正站在那儿等着将她带回牢里。

狄公说道：

"仵作将给人犯楚大远做检查，过几天自会弄清他是否已永远丧失心智。一等他恢复过来，我便会以最严厉的形式判处他极刑。除了廖姑娘，也许还有叶泰之外，他还谋害了本衙的洪参军。我们要立刻开始搜寻叶泰的尸体。"

"本县谨向廖行首痛失女儿表示慰问。但与此同时，本县必须强调，在女儿到了婚嫁年龄，父亲不仅有责任马上为她挑选合适的丈夫，也应尽快让她成婚。古时给我们定下这些规矩的圣贤是很有其道理的。这也是对旁听此案的所有为人父母者的告诫。"

"潘峰应将装有廖莲芳尸体的棺材归还给廖行首，以便能与找到的头一同下葬。一俟上司判下，就用楚大远的家产偿付廖先生的血债。"

"楚家家产暂由本衙司衙官监管，由于康协理。"

狄公宣布退堂。

十七

▼

一行人回到了内书房后，狄公声音疲倦地说道：

"楚大远是个性格分裂者。从外表看，他是个乐天、喜欢运动的家伙。马荣、乔泰，你们均不免喜欢他，但他骨子里却是堕落的。此人身体上的某些缺陷败坏了他。"

他给陶干做了个手势，陶干赶紧为他斟满茶。狄公极快地喝完，然后继续对马荣和乔泰道：

"我得找时间去搜查他的房子，并且必须让他毫不知情，因为此人聪明得可怕。故而我只好派你们俩同他去五羊村跑那趟空头差事。要是洪亮未被杀害，昨晚我便会把对楚大远犯罪的推论全都告诉你们。可出事后，我无法要你们试着对洪亮之死无动于衷。我知道自己也做不到！"

"要是我早知道，"马荣激愤地说，"我定会用这双手亲手把那只狗给掐死了！"

狄公点头。大家长时间沉默着。

然后陶干问道：

"大人是何时发现那具无头尸并非叶氏呢？"

"我本该当场就怀疑的！"狄公痛苦地说，"因为那具尸体有个明显的不妥之处。"

"那是什么？"陶干急切地问道。

"戒指！"狄公答道，"叶平在验尸时说红宝石被取走了。既然凶手要宝石，他何不干脆将戒指从尸体上拿下来呢？"

陶干用手拍了拍额头。狄公继续说道：

"那是凶手犯的第一个错误。可我不仅未能发现不妥之处，还忽略了另一个说明那具尸体不是叶氏的线索，那便是她的鞋子不见了！"

马荣点了点头。

他说道："那些女人们身上穿的宽松袍子和轻而薄的内衣是否合身很难弄明白，不过鞋子则是另外一回事了！"

"的确如此。"狄公说道，"凶手知道，要是他留下叶氏的衣服而拿走了鞋子，我们可能会引起怀疑。而要是把鞋留下，我们或许会发现鞋子不合尸体的脚。于是他聪明地带走了一切，并猜想这样做便可令我们十分迷惑，从而让我们忽略掉鞋子不见如此要紧的线索。"

狄公吁了口气继续解释道：

"不幸的是，他的猜测非常正确！然而他犯了第二个错误，让我意识到了自己先前所忽略的事情，并使我回到正确的分析思路上。凶手对红宝石有着某种狂热的癖好，无法容忍将它们留在潘家，于是便趁潘峰被关在狱中时闯进房间，从衣箱里拿走了宝石。他还愚蠢地答应了叶氏的请求，拿走了几件她最喜欢的袍子。而这一事实令我意识到，叶氏一定还活着。因为倘若凶手犯案时便已知道藏红宝石之处，他当时就已经将它们拿走了。故一定有人事后告诉过他，而那人只可能是叶氏。"

"接着，那只没有了宝石的戒指也显得要紧起来，令我豁然开朗。我也明白了为何凶手把所有的衣服都拿走，那是为了不让我们发现那尸体并非叶氏。凶手知道，唯一会发现尸体非叶氏的人是她丈夫，他又一次猜测对了，那便是等到潘峰辩解澄清自己的无辜时，那具尸体早就被收殓装棺了。"

"大人是何时将楚大远与谋杀案联系起来的？"乔泰问道。

"是在我最后一次跟潘峰谈话之后。"狄公答道，"一开始我先怀疑是叶泰。我问自己，那个被害的妇人会是谁。由于廖姑娘是唯一被报告失踪的人，我想那自然必定是她了。仵作称那尸体并非处女，而我从康的供认中了解到廖姑娘也并非处女。再者，我们那时都认为是叶泰绑架了廖姑娘，况且他人很健壮，能够割下她的头。有那么一阵，我有个很吸引人的推理，即叶泰在狂怒之下杀害了廖姑娘，而其妹为帮他掩盖凶杀一事，便自愿失踪。但我很快便放弃了这个推测。"

"为什么？"陶干立刻问道，"这个推测听起来很是合理。我们知道叶泰与其妹很亲近，而这样也给了叶氏离开她丈夫的机会。她可不在乎自己的丈夫。"

狄公摇了摇头，说道：

"别忘了漆毒这条线索。从潘峰的陈述中，我了解到只有凶手可能曾无意间碰到了那张油漆未干的桌子。叶氏对此一清二楚，她自己一定会小心地避开桌子，而叶泰也并未中漆毒。而其他人跟凶手一样，可不会戴着手套杀害那位不幸的受害者。"

"于是漆毒便指向了楚大远。我记得曾发生过两件本身极微不足道的事，现在突然有了特别的意义。首先，由于中了漆毒的缘故，楚大远突然决定在室外举行猎宴，而非在厅堂内如平日一般办酒席。因为他不得不一直戴着手套以掩盖他中了漆毒的手。其次，凶杀后第二天早上，马荣和乔泰与他出去打猎，楚大远笨手笨脚错失良机，未能射中狼。楚大远前一夜过得很糟糕，而且他的手痛得很厉害。"

"此外，凶手应该是住得离潘家不远，并且可能拥有一座很大的宅院。我知道凶手一定是跟一个没人看到的妇人离开了潘家，并带了一个大包袱。他不敢冒风险，因为在路上可能会碰见守夜人或大军巡逻队，那些人可都有个值得称道的习惯，他们会拦下并盘问在夜间带着大包袱行走之人。我们都知道潘峰夫妇住在一条偏僻的街上，从那儿沿城墙内侧走一直走到楚宅后面，而城墙那边只有几家旧货栈。"

陶干说道："可是到他家之前，他必须得穿过靠近东门的正街。"

"那不过是个小小的风险而已，因为守门士卒只会仔细盘查出入城门的人，而不会盘查途径城门的人。"狄公说道。

"在我认定楚大远是最大的嫌疑犯后，我马上问自己，他的动机为何。接着我猛然想起楚大远一定有不对劲之处。一名健康强壮的男子，有八名妻妾却并无一儿一女，这说明他身体上应该有缺陷，并且有时会对人的性格产生危险影响的缺陷。从戒指上取走宝石证明，他对红宝石有癖好。夜盗潘家，拿走手镯，皆为我对楚大远的推想增添了重要的笔触：那是一个心智扭曲的男人。促使他杀害廖姑娘的则是因为他对她疯狂的仇恨。"

"大人，那时你是如何清楚这些的？"陶干又问道。

"我首先想到了嫉妒，"狄公回答道，"一名年长男子对年轻男女的嫉妒。但我立刻摒弃了这个想法，因为于康与廖姑娘订婚已有三年之久，而楚大远极其强烈的憎恨是最近才有的。然后我记起了一个奇怪的巧合。于康向我们报告说，叶泰曾告诉他，在楚大远书房前的走廊跟老女佣说话时他获悉了于康的秘密；也告诉过我们此后于康曾向老女佣试探地问过这件事，并且又是在楚大远书房前的走廊里问的。我想，楚大远可能两次对话都偷听到了。第一次那女佣告诉叶泰，于廖两人在于康卧房中幽会之事，让楚大远憎恨廖姑娘：她在楚大远自己的家里与另一个男人欢娱，而这种快乐，楚大远却已被造化剥夺掉了。我可以想象，廖姑娘对楚大远而言，成了其压抑的象征，而他觉得占有她是唯一可以令其恢复男子能力的办法。他偷听到的第二次对话，即于康和老女佣之间的谈话，则让他知道叶泰是个敲诈者。楚大远知道叶泰与其妹很亲近，他担心叶氏可能已把他们两人的会面，甚至包括有关集市上那个姑娘的事都告诉了叶泰。他确定自己被叶泰发现并被敲诈一辈子的风险很大，于是决心将叶泰除掉。这与实际情况十分相符，因为叶泰就在于康跟老女佣说话的那天下午便失踪了。"

"当我确定了楚大远有动机和时间进行犯罪之后，我又产生了另一个想法。你们都知道我并非是个迷信之人，但那并不意味着我否认存在超自然现象的可能性。到楚家赴宴的那晚，我瞧见一个雪人堆坐在一个后花园内，而当时我清楚地感觉到了有人惨死的那种邪恶气氛。我现在记起，在席间，楚大远曾向我解释那是他用人的孩子们所堆的雪人。然而马荣和乔泰曾告诉过我，楚大远以前自己也堆雪人，用作练习射箭的靶子。我突然想到，要是某人需在如此寒冷的天气里，很快藏好一个被割下的人头，并将它盖上雪当作雪人的头，这倒是个不坏的办法。这个办法楚大远尤其会喜欢，因为那可进一步帮助他消减对廖姑娘的异乎寻常的憎恨。那定会令他想起对着靶子练习射箭，一箭又一箭地射向雪人的头。"

狄公陷入沉默，身体颤抖起来。他赶紧将皮袍紧了紧。他的三名随从看着他，脸色苍白而憔悴。那种疯狂罪行的恶毒气氛似乎在房里盘旋着。

过了许久，狄公继续说道："其时我已确信楚大远便是凶手，只是缺乏具体证据。昨晚退堂后，我曾打算向你们解释我对楚的推论，并与你们商议如何对他家进行突击搜查。要是我们的确能在那儿找到叶氏，楚大远便输了。可是楚大远却杀害了洪亮。要是我能提早半天去查问潘峰，我们便可在他杀害洪亮前去抓捕他了。可命运却做了另一种安排。"

房中陷入一阵哀伤的沉默。

狄公最后说道：

"后面的事，陶干就知道了。你们两人和楚大远出城后，我和陶干、班头去了楚宅，在那里找到了叶氏。她被一顶密封的轿子送至衙门，无人知道是她。陶干在楚宅所有的房间里都发现了窥视孔。我审问了老女佣，证实她对于康的情事一无所知。现在我们从叶氏的供词中知道，是楚大远自己偷看到了于康及其未婚妻之事。我猜测楚大远自己不小心跟叶泰提过几句，而那个狡猾的无赖猜出了其余的事。但当于康问叶泰是如何知道他的秘密时，叶泰编造了老女佣的事，因为他不敢把楚大远放在他的敲诈计划中。至于后来叶泰是否大着胆去敲诈楚大远，抑或楚大远偷听到了于康和女佣的谈话，担心叶泰会去敲诈他——我这样猜想——这些我们或许永远都不会知晓了。楚大远已经疯了，而我相信叶泰的死尸正躺在雪野中的某处。"

"我也盘问过了楚大远的八位妻妾。我希望能忘掉她们告诉我的与楚大远生活的情况。我已签发必要的命令，将她们送回各自家中，结案后她们每人可得到一大笔楚大远的财产。

"如今楚大远发疯，这有可能使他无法受到法律的惩处。此事由上峰来判决吧。"

狄公拿起桌上洪亮的旧荷包，用手指尖轻轻地摩挲着褪了色的缎子，然后小心地放在袍子胸襟内。

他在书案上摊开一张纸，拿起了毛笔。他的三名随从赶紧起身告退离去。

狄公先给刺史写了份关于廖莲芳被杀一案的详细报告，然后写了两封信。一封写给在并州太原弟弟家当管家的洪亮的长子。洪亮是个鳏夫，他儿子现在乃一家之主，得由他来决定埋葬之处。

第二封信是写给他的大夫人的,写的是并州太原他老岳母家的地址。他先郑重询问了老太太的病情,然后也向她通报了洪亮的死讯。在这些正式的词句之后,他加了一句带有个人感情的话。他写道:"所爱之人亡去,我们不仅失去了他,亦失去了我们自己的一部分。"

将信交给衙役并令立刻送出后,狄公独自在书房内用了午膳,并沉浸在哀思之中。

狄公不愿去思考蓝涛奎被杀或是陈氏的那个案子,他觉得疲累之极。他命衙役拿来写有他对官府赈贷计划的文书,那些官贷是准备要在庄稼歉收时无息发放给农民的。这是他最得意的计划,是耗费了许多个晚上,和洪亮一起研究起草撰写而成的一份报告,希望能得到户部的批准。洪亮甚至曾想以减少地区行政的其他开支来达成这项计划。狄公的随从们进来时,看到他正在专心地计算着。

狄公将文件推到一边,说道:

"我们得讨论一下蓝师傅被杀一案。我仍然认为是妇人毒死了他。但迄今为止,我们所能掌握的唯一线索是他熟识一名妇人,仅是那名年轻拳师的陈述。他告诉你们曾有一名妇人晚上见过蓝师傅,但说从他偶然听到的话语中,他无法知道那妇人是谁。"

马荣和乔泰无奈地点点头。

乔泰说道:"这一点让我们想到,那两人见面未讲客套话,可见他们彼此十分相熟。但正如大人以前所讲,我们早就了解了这点，因为那妇人进浴房时蓝师傅并未想要遮盖上他的身体。"

"那年轻人听到的只言片语到底是什么？"狄公问。

"噢，"马荣答道，"没什么特别的。她似乎很生气，因为蓝师傅在躲避她。而蓝师傅回答说不是那回事，后面又说了句话，听起来像是'猫咪'什么。"

狄公猛然站了起来。

"猫咪？"他不敢相信地问道。

他突然想起了陈氏年幼女儿问的问题。她曾问他，那只猫咪在哪里，就是她妈妈的客人以前跟它说话的那只。这个情况改变了一切！他马上吩咐马荣：

"立刻骑马去潘峰家。潘峰从小就认识陈氏。向他查问陈氏是否有个绰号！"

马荣看上去十分惊讶，但他没有问问题的习惯，便马上出去了。

狄公没有再说话。他叫陶干煮些新茶，然后与乔泰商量如何解决，因本地区巡逻队对平民管辖所造成的困难。

马荣回来得很快。

"嗯，"他报告说，"我见老潘非常难受。他妻子行为不端的消息比最初她被谋杀的消息对他打击更大。我问他有关陈氏的事，他说她以前的伙伴们都用'猫咪'这个绰号叫她。"

狄公的拳头重重砸在书案上。

"那正是我要的线索！"他大声道。

十八

▼

狄公的三名随从离去后，郭夫人走了进来。

狄公连忙请她落座，并要她自己倒茶喝。他对这妇人深感歉疚。

郭夫人俯身书案先给他的杯中倒满茶，狄公又闻到那淡淡的香气，那仿佛已是她的一部分。

她开口道："我来向大人禀报，那叶氏不吃不喝，一直在哭。她问我可否允准其夫去探望她一次。"

"那是不合法的。"狄公皱着眉答道，"况且我想那样对他们两个均无好处。"

郭夫人轻声说道："那妇人意识到将被处死，已是听天由命了。不过她也认识到，她确实在很多方面爱着自己的丈夫。因而她希望向他道歉，这样到她死时至少会觉得少些罪恶。"

狄公思忖了一会，然后说道："律法的主旨在于恢复规范，尽可能修补犯罪行为所造成的损害。既然叶氏之道歉可告慰其夫，那就准许她的请求吧。"

郭夫人继续道："我还要禀告，我用各种药膏治疗陈氏的背，伤口是会愈合的，但同时……"

她的声音越来越弱。狄公点头示意，她继续又说：

"大人，她身体看起来不那么强壮，是她那非凡的意志令她支撑下来。我担心若再鞭打她的背，她的健康可能就会受永久受损。"

"你的忠告很有用，我会记得的。"狄公说道。

郭夫人躬身施礼。她迟疑了片刻又说道：

"她一言不发，我便冒昧地问起她幼小的女儿。她说女儿由邻居们照看着，而且不管怎样，衙门不久便会释放她。不过我想路过陆家时去确认一下。要是孩子不开心，我会把她带回我自己家中。"

"无论如何你都把她带回去吧！"狄公说道，"同时你也可借此察看一下陆家，设法找到一件黑色鞑靼人衣服，或是一些可以被扮作鞑靼人的黑色衣服。这可是只有妇人才能确定的事！"

郭夫人微笑着又躬了躬身。狄公有一种冲动，想问问她对陈氏和蓝师傅之间可能存在的关系的看法，但他很快就忍住了。与一名女子讨论衙门事务本身就够奇怪的了。随后，狄公又问起她丈夫对楚大远病情的看法。

郭夫人慢慢地摇了摇她小巧的头，说道：

"我丈夫又施行了一次强烈的催眠。他认为楚大远的心智已然彻底错乱了。"

狄公叹了口气。他点了点头，郭夫人告退离去。

狄公开升晚堂，先宣布了有关巡逻队管辖的规定，并说衙门将在全县张榜公布。然后他命班头将陈氏带上堂来。

狄公注意到，陈氏再度对自己进行一番精心的修饰。她盘了个简单的发式，却颇引人注目，穿了件新的绸缎外衣。她站得笔直，尽管双肩显然痛得很厉害。下跪之前，她迅速看了一眼公堂，见只有几个旁听者，似乎颇为失望。

狄公平和地说道："昨天你冒犯了本衙。陈氏，你并非愚蠢之人。为了正义，也为了你自己，我相信这次你会如实回答我的问题。"

"民妇并无说谎的习惯！"陈氏冷冷地回道。

狄公问道："告诉本县，除了姓名之外，你还有个绰号叫'猫咪'，可是真的？"

"大人是在嘲弄我吗？"陈氏轻蔑地反问道。

"提问乃本衙特权。"狄公平静地说道，"回答！"

陈氏想要耸耸肩，但她的脸因疼痛突然扭曲。她吞咽了一下，然后答道：

"是的，我的确有那个绰号，那是先父对我的昵称。"

狄公点了点头。他问道：

"你那已故的丈夫偶尔也那样称呼你吗？"

陈氏眼中闪过一丝邪恶的光芒。

"不！"她猛地回话道。

狄公继续问："你是否曾穿过鞑靼男子穿的黑衣服？"

"不许你污辱我！"陈氏叫喊起来，"一名正派女子如何能穿男人的衣服？"

狄公说道："事实是你的衣物中就有一件这样的衣服。"

他注意到，陈氏第一次看起来有些不安。犹豫了一会，她回答道：

"大人或许清楚我有鞑靼人亲戚。那衣服是很久以前从边界那边来的一位表弟忘在家中的。"

狄公道："将陈氏带回牢中，过一会再带到堂上继续受审。"

陈氏被带走后，狄公念了涉及财产继承的律条变化的两份正式通告。他注意到，此时公堂上已挤满了人，还有人正在陆续进来。肯定是有旁听者将再审陈氏的消息传了出去。

班头将三名青年男子带到公堂上。他们一个个局促不安，害怕地看看衙役，看着狄公。

"你们不必害怕！"狄公和蔼地说道，"你们站在旁听的第一排，仔细看即将被带到堂上来的人，然后告诉我以前可曾见过那人，倘若见过，是在何时，又是在何处见到的。"

郭夫人将陈氏带了进来。她给陈氏穿上了在她家里找到的黑衣服。

陈氏迈着碎步朝公案走去。她做了个娇美的手势，把黑外衣往下拉，这样就露出了她小巧坚挺的乳房和浑圆的臀部。她侧着身半对着旁听众人，将包在她头上的黑围巾微微调整了一下。她边忸怩作态地微笑着，边紧张地扯着外衣下摆。狄公想，她可真是个技艺高超的演员。他向班头示意了一下，班头将三位小伙子带到了公案前。

"你可认识此人？"狄公问年纪最大的那个。

那青年看着陈氏，毫不掩饰他的艳羡。她害羞地睨视了他一眼，双颊飞上了一朵红晕。

"不认识，大人。"年轻人结结巴巴地说道。

"此人不是你在浴室前碰到的那人吗？"狄公耐心地问道。

"大人，不会是她！"大男孩微笑道，"那是个年轻男子！"

狄公朝另外二人看了看。他们摇了摇头，睁大眼睛看着陈氏。她狡黠地瞧着他们，然后迅速用手掩住了嘴。

狄公叹了口气。他示意班头把那三名小伙子带走。

他们刚离去，陈氏的脸便像施魔法似的变了，脸上又露出先前那种冷漠、恶毒的表情。

"民妇可以问问将我这样装扮的用意吗？"她冷笑着问，"一个被脱光挨了打的妇人，难道得穿着男人的衣服被当众羞辱吗？"

身份指认失败，但陈氏刻意的表演却使狄公坚信其罪错。

他俯身向前，厉声道：

"将你与已故拳师蓝涛奎的关系向本县如实招来！"

陈氏站直了身体，高声叫道："你尽可以折磨我、污辱我，对我而言均无关系。但玷污对蓝涛奎师傅珍贵记忆的肮脏勾当，我是绝不会做的。他是我们的英雄，本县百姓的骄傲！"

人群中传出很响的喝彩声。

狄公一拍惊堂木。"肃静！"他高声喝道，接着转向陈氏，说：

"妇人，回答本县的问话！"

"我拒绝！"陈氏高喊道，"你尽可折磨我，可你休想把蓝师傅拖进你的恶毒计划！"

狄公强压住怒火，斩钉截铁地道：

"你敢藐视公堂！"他想起郭夫人的警告，思忖着对陈氏用刑需十分小心。他命令班头："给妇人打二十藤板！"

公堂上响起了愤怒的低语声。有人喊道：

"还是去把杀害蓝师傅的凶手抓住吧！"

"无耻！"

"肃静！"狄公用洪亮的声音喝道，"本衙很快便会出示无可辩驳的证据，证明蓝师傅指控的也正是她！"

旁听众人安静下来。突然间，公堂上响起了陈氏的尖叫声。

衙役们把她脸朝下按在地上，拉下她的鞑靼衣服裤子。班头立刻用一块湿布盖住其臀部，按律法妇人身体只有在刑场上，方可被毫无羞耻地暴露出来。两名衙役按住她的手脚，班头将藤板往她臀上打去。

陈氏在地上扭动着，狂声尖叫着。第十板打完，狄公示意了一下，班头停住了手。

"现在你可回答本县的问题了。"狄公冷冷说道。

陈氏抬起头，但说不出话来。最后她憋出了一句：

"绝不！"

狄公耸了耸肩。藤板又嗖地划过空中。陈氏臀上的布开始渗出血迹来。突然，她一动不动。班头停住手，衙役将她翻过身来，开始设法要弄醒她。

狄公对班头高声说道："将第二名证人带上堂来！"

一名壮实的青年被带到公案前。他的头发理得很短，长着一张令人愉悦而诚实的脸，身上穿件朴素的棕色袍子他。

"报上姓名、职业！"狄公命令道。

青年恭敬地回答道："小人叫梅成。我给蓝师傅当了四年多的助手，是名七级拳师。"

狄公点点头。

"梅成，告诉本县，"狄公道，"二十天前的一个晚上你看到和听到之事。"

拳师回道："跟往常一样，晚上练功毕，小人便告别师傅。我正要进自家前门，忽然想起把铁球忘在了练武厅了。因早晨练功需用，我便决定回去取。可刚走进前院，我便瞧见师傅在一名来客身后关上门。我只隐约看到那人穿一身黑衣。因我与师傅所有的朋友均熟识，知道不可擅入，便朝门口走去。然后我听到了一名妇人的声音。"

"那妇人说些什么？"狄公问。

"大人，隔着门我无法听清她说的话。"拳师回答道，"可那声音我是完全陌生的，不过她听起来很生气。因为师傅不去看她什么的。师傅回答她时，我清楚地听见他说了猫咪之类的话。我知道此事与我无关，很快便走了。"

狄公点点头。书吏将梅成所讲述念了一遍。拳师在证词上按上手印后，狄公命他退下。

与此同时，陈氏醒了过来，在两名衙役的扶持下又继续在公案前跪着。

狄公拍了拍惊堂木，说道：

"本衙认为，那晚去找蓝师傅的妇人便是陈氏。她曾想方设法获得了蓝师傅的信任，而蓝师傅也真的相信了她。接下来她要获取蓝师傅的欢心，可蓝师傅自然不会要她。陈氏怀恨在心，为了报复，便假扮成鞑靼青年进入浴室，趁蓝师傅浴后休息时，在他茶杯里放了一朵沾满剧毒的茉莉花，谋害了他。的确，刚才三名证人未能认出她来。那是由于她极善演戏，当装成鞑靼青年时她模仿男人的行为，而刚才她则特意展露了她的女人魅力。不过此点已无关紧要。现在我要展示蓝师傅自己留下的直接指向此贱妇的线索。"

旁观人群中传出了惊呼声。狄公觉得公堂上的气氛正朝向利于他的这边变化。直率的青年拳师的证言给众人留下了好印象。狄公给陶干做了个手势。

陶干拿来升堂前按狄公吩咐做的方形黑板，上面钉着用白纸板做的七巧板中的六片，每片宽六十厘米多，这样旁听众人皆可看得清楚。陶干将黑板竖起在平台上，靠着书吏的桌案。

狄公接下去说道："你们可看到这里有七巧板的六块，摆成在蓝师傅浴房桌上发现时同样的样子。"狄公拿起一片三角形纸片，继续道："第七片，最后这个三角形，被发现时是被紧抓在死者的右手中。

"那毒药可怕的效力使他舌头肿胀，他叫不出声来。于是他用尽最后的力气，试图用喝毒茶前正玩的七巧板来说明罪犯的身份。

"不幸的是，尚未拼完图他便开始抽搐。在死前挣扎滑向地板时，他的手臂肯定是带着纸片，把其中的三片弄乱了。但只要稍微调整一下那三片纸，再放上在他手中找到的那个三角形，蓝师傅意图拼出的图形便可以毫无疑问地重新拼出来。"

狄公站起身，取下三片纸，再将它们重新钉在略为不同的位置。当他加上第四片，完整地拼出一只猫的图案时，旁听人群中传出了吃惊的叹息声。

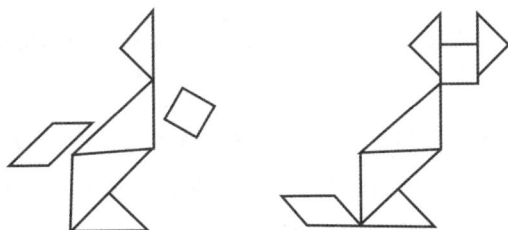

狄公回到座位，做出结论道："蓝师傅用此图案指明，陈氏乃是凶手。"陈氏突然喊道："那是一派胡言！"

她挣脱开衙役的手，手脚并用朝平台爬去。她的脸因痛楚而扭曲着，却仍用超人的毅力将自己拖上了平台，蹲靠在公案侧面呻吟着。她喘着粗气，然后用左手抓住了黑板边缘。她剧烈地颤抖着，改变了狄公钉在板上的几片纸的位置。然后她环视着众人，将第七片纸放在胸前，嘶哑着嗓音高声叫道：

"看！这是个骗局！"

她呻吟着跪直了身体，把最后那片三角形纸片钉在了图案的上方。

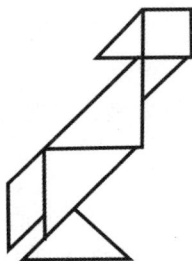

然后她尖叫道：

"蓝师傅拼了只鸟！他从未试图要留下……线索。"她的脸色突然死一样苍白，全身瘫倒在地上。

"那妇人不是个人！"当狄公等众人聚在内书房后，马荣高叫道。

"她恨我，"狄公说道，"因为她恨我所代表的一切。她是个邪恶的妇人。但我得讲，我很佩服她坚强的意志和灵敏的心智。扫一眼便能看出猫可变成只鸟，那很是了不起！况且那时她还因疼痛而处在半昏迷的状态。"

"她确然是个非比寻常的妇人。"乔泰说道。

"要不然蓝师傅绝不会注意到她。"

"与此同时，"狄公担忧地说道，"她已将我们推向了极其尴尬的境地！我们无法坚持指控她谋杀了蓝师傅，而必须设法证明她丈夫是暴死的，并且与她有关。去把仵作叫来。"

陶干带着罗锅进来，狄公对他道：

"郭大夫，那天你曾说，你对陆明的尸体双眼突出感到疑惑不解。你说道，只有人的后脑勺遭受重击方能导致此现象。但是，即便我们推断匡大夫也参与了这个阴谋，难道陆明的兄弟或是给尸体穿衣的殓尸人不会发现这样的伤口？"

郭大夫摇了摇头。

"不会，大人。"他回答道，"要是类似用厚布包起来的重锤敲击，便不会有任何血迹。"

狄公点点头。

"当然，只要验一下尸便可查出被打碎的头骨。"他说道，

"不过，假若此推论不成立，在尸体上你还能找到其他什么暴力证据吗？那毕竟都是五个月前出的事了！"

郭大夫回答道："那得看所用棺木及墓内情形而定了。但是，即便尸体已高度腐烂，我想我仍能找出中毒的迹象，比如观察皮肤及骨髓的情况等。"

狄公思索片刻，然后说道：

"依据律例，无正当理由而掘尸乃是死罪。倘验尸未能获得陆明被谋害的不可辩驳的证据，我便得提交辞呈，听任上峰处置，被判亵渎坟墓之罪。要是有人再指控我错判陈氏谋杀其夫一事，毫无疑问，我肯定将被处死。官府是护持其官员的，但仅在他们不出纰漏时。我朝廷组织庞大，律制森严，对犯法官员毫不宽待，即便他们秉诚行事也无济于事。"

狄公站起身，开始来回踱步。三名随从焦急地看着他。狄公突然停了下来。

"我们进行验尸！"他坚定地说道，"我来承担此责任！"

乔泰和陶干看上去有些疑虑。陶干道：

"那妇人知道各种各样的巫术。假若她丈夫是被她诅咒下了巫术而死的呢？那不会在尸体上留下任何痕迹的。"

狄公不耐烦地摇了摇头。

他说道："我确信这世上有许多东西我们难以理解，可我不相信老天爷会允许用巫术这种手段来杀人害命。马荣，给班头下令，今日下午在墓地对陆明的尸体进行解剖！"

北州城北，似乎正在经历人口迁移。街上挤满了人，全都在往北门赶去。

狄公的官轿被抬过城门时，气愤的人群默默地让开了道。但当见到陈氏坐的小轿被抬过来时，他们发出了大声的呼喊声。

长长的队伍穿过雪丘来到城西北，朝主坟场所在的高地走去。他们沿着大小坟丘间的蜿蜒小路走，在已经打开的一座坟墓周围聚拢。衙役们已用芦席在那里搭建了一个临时棚子。

狄公下轿，见临时公堂已尽可能按条件搭好。一张高木桌充当公案，老书吏坐在旁边一张桌旁，正哈着手取暖。挖开的坟丘前放着一具棺木，搁在一座支架上，敛尸人及几名帮手站在棺木旁边。前面的雪地上则铺着厚芦席，郭大夫蹲在一只小炉子旁，正拼命地扇着火。

约有三百人围站成了一个大圈子。狄公在桌后唯一的一张椅子上落座，马荣与乔泰站在他两旁。陶干走到棺材旁，正在好奇地检视着它。

轿夫们放下陈氏坐的小轿，班头掀开了轿帘。他吸了一口冷气，倒退数步。他们见到陈氏的身体一动不动地倒在横杆上。

人群簇拥过来，愤怒地嘀咕着。

"看一下那妇人！"狄公命令郭大夫道。他又对两名随从低语道："老天爷，切不可让那妇人死在我等手上！"

郭大夫小心地抬起陈氏的头。突然她的眼皮动了几下，深深地吁了口气。郭大夫移开横杆，扶着她拄着杖跌跌撞撞地来到棚中。看到被挖开的坟丘，她往后退去，并用衣袖遮住了脸。

"不过在演戏罢了！"陶干厌恶地咕哝道。

"是的，"狄公担心地说道，"可众人爱看她这样。"

他把惊堂木在桌上一拍。在户外寒冷的空气中，那声音听起来出奇地微弱。

他高声宣布："现在开始对死者陆明进行验尸。"

陈氏突然抬起头来，她撑着拐杖，缓缓说道：

"大人乃我等平民百姓的父母官。今晨我在衙门出言鲁莽，出于以下原因：作为一个可怜的年轻寡妇，我必须捍卫我的清誉及蓝师傅的声誉。但我已为自己不合宜的行为受到了应有的惩罚。现今我跪下乞求大人就此了事，不要亵渎我那可怜亡夫的棺木。"

她跪了下去，叩了三个头。

陈氏抵达墓地（高罗佩　绘）

旁观人群中发出了赞许之声。这是个合理的妥协方式，人们日常生活中非常熟悉的解决问题的方法。

狄公一拍惊堂木。

他坚毅地说道："本县倘无充足证据说明陆明是被谋害，便绝不会下令开棺验尸。此妇人伶牙俐齿，但她恐怕不能阻止本县行使职权。开棺！"

敛尸人走上前去。陈氏又站了起来，她侧身半对着人群高叫道：

"你怎可如此欺压百姓？难道那是你当县令的为官之道？你认定我杀了丈夫，可你拿出了什么证据？我告诉你，虽然你身为本地县令，但你不是全能的！人们讲，更高的官衙始终为遭迫害和受压迫的人敞开。记清了，要是县令被证明诬陷了无辜者，王法定会给犯法者施与被冤枉的人同样的惩罚。我虽是个无力自保的年轻寡妇，可我要见到那乌纱官帽从你头上削去，否则死不瞑目！"

人群中有人高声喊道："她说得对！我们反对验尸！"

"肃静！"狄公喝道，"倘尸体上并无遭人谋害的明证，我自会坦然接受施予那妇人同样的惩罚！"

陈氏还待说话，狄公一指棺材，继续迅速说道："鉴于证据便在那里，我们还等什么？"人群似乎在迟疑，狄公对敛尸人喝道："开棺！"

敛尸人将凿子敲进棺盖，他的两名帮手在棺材另一侧动起手来。很快，他们橇松了沉重的棺盖，将它卸到地面。他们用毛巾捂住口鼻，将尸体连同棺内垫着的厚席一起抬出棺木，放在公案前。一些旁观者希望什么也不错过，靠得很近，现在却急忙往后退去。那尸身呈现出一副令人作呕的景象。

郭大夫在尸体两头放上了点着香的花瓶。他用薄纱罩蒙住脸，将厚手套换成薄皮手套。他抬头看着狄公，等他做出开始的信号。

狄公填写好公文表，然后对敛尸人说道：

"在开始验尸前，我要你陈述你是如何挖开坟墓的。"

敛尸人恭敬地说道："遵照大人的指示，小人和两名帮手于午后挖开坟墓。我等发现，封住坟墓的石板与五月前安在那儿时的情状分毫未变。"

狄公点点头，给仵作做了个手势。

郭大夫用一块浸过热水的毛巾擦净尸体，然后一寸一寸地进行检查。所有的人都一语不发，紧张地看着他进行验尸。

郭大夫查完前面后，将尸体翻转身，开始查验后脑壳。他用食指探查头骨底座，然后继续检查尸背。狄公的脸色越来越苍白。

郭大夫终于站起身来，转向狄公报告。

他说道："尸体外部均已检查完成，没有迹象表明此人死于暴力谋害。"

旁观众人开始叫喊："县令撒谎！放了那妇人！"但站在前面的人叫后面的人安静，听听报告的结果。

郭大夫继续说道："故而小人请求大人允许继续查验体内，以证实是否曾用毒。"

狄公尚未回答，陈氏尖叫起来：

"难道这还不够吗？可怜的尸体一定要继续被糟蹋吗？"

"陈氏，就让那当官的自己给脖子套上绞索吧！"站在前排的一名男子喊道，"我们知道你是清白的！"

陈氏还想喊叫什么，但狄公早已示意仵作，旁观的人群喊着让陈氏安静。

郭大夫验看了很久，用一块擦得很亮的银薄片探查，并仔细检查从腐败尸身上突露出来的骨头两端。

他站起身来，迷惑地看着狄公。挤满了人的坟地此时鸦雀无声。郭大夫迟疑了一刻才说道：

"我得禀报，尸体内也无中毒的迹象。就我所知，此人系自然死亡。"

陈氏尖声叫了些什么，可她的声音被淹没在众人愤怒的喊声中。他们朝前涌向棚子，将衙役推开，而那些站在前排的人高声喊道：

"杀了那狗官！他亵渎了坟墓！"

狄公离开座位，走上前去站在公案前面。马荣和乔泰赶至他两边，可狄公粗暴地将他们推开。

当前面的人瞧见狄公脸上的表情时，他们不由自主地向后退去，闭嘴不语。后边的人也停止了叫喊，想听听发生了什么事。

狄公双手拢在袖子里，用极其洪亮的声音喝道：

"我已说过，我会辞去官职，我说到做到！但那必须在我证实了另一点之后。我提醒你们，只要我尚未提交辞呈，我仍是本地县令。要是你们愿意，尽可杀了我，但记住，那样尔等便是叛逆，反抗朝廷，你们会自食其果的！你们拿定主意吧，我就在此处！"

众人敬畏地看着令人钦敬的狄公。他们犹豫着。

狄公继续很快地说道：

"要是有行首在此，请让他们走上前来，我要委托他们监管重新安葬尸体一事。"

肉屠行首，一名壮实的男子，从人群中走了出来。狄公命令道：

"你监督敛尸人将尸体放回棺材，看着棺材重新埋进坟内，然后你自己亲自将墓门封好。"

狄公转身上了官轿。

那天深夜，狄公的内书房笼罩在一片愁苦的沉寂中。狄公坐在书案后，蓬乱的眉毛紧皱着。铜炉中闪烁着的炭火已变成了灰烬，宽敞的房间内刺骨寒冷，但狄公和他的随从们却均未留意到。

桌上的巨烛开始发出噼啪声而熄灭，狄公终于开口说道：

"我等业已设想过所有可能破解此案的办法。我们均同意，除非发现新的证据，否则我的官场生涯便就此结束。我们必须找到证据，而且得快！"

陶干点了支新的蜡烛。跳跃的烛光照在他们憔悴的脸上。

门上传来一声敲门声。衙役走进来，兴奋地报告说叶平和叶泰有事请求向狄公禀报。

狄公大吃一惊，命衙役带他们进来。

叶平搀扶着叶泰走了进来。叶泰的头和双手裹着厚厚的绷带，脸上有种不自然的绿色，几乎无法走路。

马荣和乔泰帮着叶泰在榻上坐下。叶平说道：

"大人，今日午后，四名东门外的农人用担架抬着我兄弟送到家里来。他们是碰巧在一堆雪下面发现了他，当时已人事不省。他的后脑上有个可怕的伤口，手指也被冰雪冻坏了。不过由于那些农人好生地照料了他，今晨他醒过来了，跟他们讲了自己的身份。"

"出了何事？"狄公急切地问道。

叶泰用微弱的声音说道："我最后记得的是两天前我正走回家准备吃晚饭，后脑勺突然被人猛敲了一击。"

"叶泰，敲你的是楚大远。"狄公说道，"他是何时告诉你于康与廖姑娘在他家幽会的事的？"

"大人，他从未跟我讲过。"叶泰回答道，"有次我候在楚大远书房外，听见他在里面大声说话，我以为他在与什么人争吵，便把耳朵贴在门上偷听。我听见他在怒骂于康和廖姑娘居然在他自己家里交媾。他的话真是污秽不堪。然后管家来敲门，楚大远突然安静了下来。我被叫进去后，发现他独自一人在房里，非常平静。"

狄公转身对随从们说道：

"这澄清了与廖姑娘被害一案有关的最后一点不清楚之处。"他对叶泰继续说道："如此偶然地得悉此事，你却去敲诈不幸的于康，老天爷已为此严惩了你！"

"我的手指都冻没了！"叶泰沮丧地叫道。

狄公对叶平挥了挥手。他与马荣和乔泰一起扶着叶泰向门外走去。

二十一
▼

　　第二天早晨狄公外出遛马，但街上的人们冲着他喊叫。在鼓楼附近，他差点还被一块石头击中。

　　他骑至老校场，沿校场策马跑了几圈。回到衙门后，狄公思忖，看来在升堂宣布解决陈氏一案前，他最好还是别出去抛头露面了。

　　接下来两天他一直在处理地区管理事务。他的三名随从每日都外出去想方设法搜寻新的线索，但一切尝试均劳而无功。

　　唯一的好消息在第二日到来。他的大夫人写来了一封长信，说危机已过，风平浪静，其老母正在彻底康复中，他们拟不久便回到北州来。狄公伤感地想，除非他破了陈氏一案，否则便永远见不到家眷了。

第三日清早，狄公正在书房用早膳，衙役来报，说元帅府的一名都尉到来，带了一封公函，他需要亲手交给县令。

一名高个子男子穿着落满雪的铠甲走了进来。他躬身施礼，给狄公呈上一只封着的大信封，生硬地说道："我受令要将回复带回去！"

狄公好奇地看了他一眼。"请坐！"他简短地说道，一边拆开了信封。

信中道，巡逻队密探报称北州民众骚动不安，还有情报云北方蛮夷正在备军，因此元帅认为北军后方地区的安定乃军事需要。信中宣称，倘若北州县令请求在该区驻防卫戍部队，此事会立刻获得批准。信由巡逻队统领代表元帅签字盖印。

狄公脸色苍白。

他迅速拿起毛笔，写了四行字回复："北州县令对阁下即时的通函甚表感谢，唯请求禀报，本县将在今晨采取必要措施，保证本区立刻恢复安定与秩序。"

他在信上盖上县衙的朱红大印，将信递与都尉。都尉躬身接过后立即离去。

狄公起身叫来衙役。他命衙役取来全套官服，并将三名随从唤来。

马荣、乔泰及陶干见狄公身穿朝服、头戴金边呢绒官帽，甚是惊异。

狄公伤心地望着已是他亲信朋友的三人的脸说道：

"此情势不可再持续下去。我刚接到元帅府送来的一份公函，隐隐指责本区内民众骚动不安。他们建议在此派驻军队，这是对我治辖北州能力的怀疑。我要求尔等在场，亲见在我家中进行的一个简短祭礼。"

狄公走在连接公堂与私宅的走廊里，思量此乃家眷赴并州太原后他第一次回到自己家中。

狄公带着随从们径直来到大厅后供放祖宗牌位的房间。除了一口直达天花板的神龛及左边的祭桌外，冷冰冰的房内空空荡荡的。

狄公点燃香炉内的香，然后在神龛前跪倒。他的三名随从跪在门口。

狄公站起身，虔敬地打开高大神龛的两扇门。架子上放满了小小的长条直木块，每块都立在木头雕成的小基座上。那些是狄家祖宗的灵位，每个木块上皆用金字写着他们的名讳、官衔以及生卒年月日时辰。

狄公重又跪下，叩了三个头，然后闭上双眼细细冥想。

上一次打开神龛是二十年前在并州太原，其时父亲向列祖列宗宣告狄公与大夫人成婚。他与新娘跪在父亲身后，他看到父亲身形瘦削，白须，脸上布满皱纹，但慈爱可亲。

可此时，他父亲的脸冰冷而无情。狄公见他站在某个聚会大厅的入口，左右两边排着一大群严肃的人，纹丝不动地站着，眼睛都盯着跪在父亲脚边的自己。从宽阔的地面望过去，他隐隐看见厅后身穿金光闪烁长袍的老祖一动不动地坐在高座上。他生活在八百年前，在孔夫子之后不久。

在一群庄严的人前谦卑地跪着，狄公觉得平和而放松，如同一个人经过了长途跋涉回到家一般。他用清朗的声音说道：

"狄家不肖子孙、已故长史狄知逊长子狄仁杰恭报，因未能尽对国家百姓之责，今日将辞去官职，同时将自控犯有两项死罪，即无充足理由亵渎坟墓及错告了一名人犯犯了谋杀之罪。他动机真诚，但能力有限，无法胜任委以他的职责。小人诉陈实情，望乞宽恕。"

狄公不再说话。聚集着的那群人从他的幻想中退隐而去，最后他见到父亲用极熟悉的手势平静地理着大红长袍的褶子。

狄公站起身又鞠了三个躬，然后关上神龛的门。

他转过身去，做手势让三人跟随他而去。

回到内书房，狄公平静地说道：

"我现在要独自待一会。我会起草一封正式的辞呈。你们午前再来，将辞呈的全文写在布告上全城张贴，这样百姓便可安定下来。"

三人默默无语地躬身施礼，然后跪倒在地，叩了三个头，表示无论何事降临在狄公头上，也不会改变他们的忠诚。

三人离去后，狄公给刺史写信，详述他的失职，并自控两项死罪。他补充道，他没有请求宽恕的理由。

他署上名，将信封好，深深地叹了口气，往后靠在扶手椅上。这是他担任北州县令处理的最后一件公务。下午辞呈内容一公布，他便会将官印暂时交予老书吏。他将暂行署理本地事务，直至另一名官员到来接任。

狄公喝着茶，发现此刻他已经可以冷静地思考即将到来的对他的审判。被判死刑是肯定的。唯一对他有利的是，在任浦阳县令时皇上曾赐给他一块匾。他热切地希望大理寺不会没收他的全部财产。他的妻小自然会由在并州太原的弟弟照料。可狄公想到，寄人篱下，即便是自己的亲戚，也是件可悲之事。

他很高兴，至少大夫人的母亲已经康复。在即将到来的令人煎熬的日子里，她对女儿会是极有帮助的。

二十二

▼

狄公站起身走到铜炉边，他站在那儿烘着手，听见身后的门被推开。他因有人打搅而颇为恼火，遂转过身去，看到进来的是郭夫人。

他飞快地对她微微一笑，温和地说道："郭夫人，我此刻正忙着。要是有要紧事，你可向书吏禀告。"

但郭夫人没有离开的意思。她默默地站着，眼睛看着地上，过了一会才用极轻微的声音说道：

"我听说大人要离开我们。我想感谢大人……对我丈夫及我的照应。"

狄公转身对着窗户。外面积雪的反光透过窗户纸照了进来。他努力控制着自己，说道：

"郭夫人，谢谢。十分感谢你和你丈夫在我任内给我的帮助。"

他一动不动地站着，等着听到关门的声响。

然而他却闻到了干药草的香气。他听到身后一个柔和的声音说道：

"我知道要男人去揣测女人的想法是很难的。"

狄公迅速转过身来，她赶忙继续说道：

"女人有男人永远无法弄懂的秘密，也难怪大人不能发现陈氏的秘密。"

狄公走到她身侧。

他紧张地问："你是说你发现了新线索？"

郭夫人叹了口气，说道："不，不是新线索，是一个古老的……却是唯一可解开陆明被杀之谜的线索。"

狄公用锐利的目光看着她。他嗓音嘶哑地说道：

"郭夫人，请讲！"

郭夫人将披风往身上拉了拉。她似乎在发抖。接着她用听起来十分疲惫的嗓音说道："每日操持家务，缝补不值得再缝的衣物，缝纳磨破了的旧鞋底，我们也会思绪万千。我们在跳跃不停的烛光下眼睛疲累，我们不停地操劳着，我们会随意地想知道……这是否便是生活的一切。磨破的鞋底很硬，而我们的手指则在发疼。我们用长而细的铁针，拿木槌一个一个地在鞋底上敲针眼……"

狄公专注地看着她低头站在那里时纤巧的身形，想寻出几句和善的话来说。可她突然继续用那疲乏、超然的声音说道：

"我们将针顶进拔出，顶进拔出，我们伤感的思绪也在其中进出，如那怪异的灰鸟般茫然无绪地围着废弃的巢穴扑腾。"

郭夫人抬起头，看着狄公。她睁大的双眼中所射出的光令他诧异。她极慢地说道：

"然后，一天晚上，主意来了。她停下针线活，拿起长长的针，看着它……仿佛以前从未见过似的。这使她手指免于遭罪的忠诚铁针，这陪同她度过许多悲伤思绪的孤独时光的忠诚伙伴。"

"你是说……"狄公惊叫道。

"是的，确实是那个意思。"郭夫人仍用平缓的声调回答道，"那些针只有很小的针头，用木槌完全敲进去后，那细小的点在头顶的头发中永远不会被发现。没人会知道她是如何谋害他的，这让她逍遥法外。"

狄公用燃烧的目光紧盯着她。

"好妇人！"他喊道，"你救了我的命！这一定便是答案！这解释了为何她如此害怕验尸，而验尸又毫无结果！"一丝温暖的笑意令他憔悴的脸亮了起来，他又柔和地说道："你说得很对，只有女人才会知道这个！"

郭夫人默默地看着他。狄公赶紧问道：

"你为何难过？我再说一次，你肯定是对的，这是唯一的答案！"

郭夫人拉起披风帽子戴在头上。她微笑着，温柔地看了狄公一眼，说道：

"是的，你会发现那是唯一的答案。"

她出门走了。

狄公站在那儿看着关上的门，脸色突然发白。他在那儿站了很长一段时间，然后才唤来衙役，命他叫三名随从即刻来书房。

马荣、乔泰和陶干无精打采地进来。但当他们看到狄公脸上的表情时，他们的脸上露出了难以置信的微笑。

狄公在书案前笔直地站着，双手拢在宽大的衣袖内。他双眼闪着光芒，说道：

"我的朋友们，在最后的关头，我确信我们将发现陈氏的罪行！我们要对陆明的尸体再行验过！"

马荣惊愕地看着两名同伴。但他马上咧嘴大笑起来，叫道：

"大人这般讲，那便是案子可破了！我们何时验尸？"

"尽快！"狄公果断地说道，"这次我们不去墓地，我们要叫人把棺材运到衙门来。"

乔泰点了点头。

他说道："大人明察，百姓情绪高涨，很是危险。我同意，在这里控制他们比在野外容易得多。"

陶干看上去仍有些疑虑。他慢慢地说道："我让衙役准备布告时，从他们的表情我知道他们都明白了。此刻，大人要辞职的消息当已传遍全城，我担心他们听说要再验尸时会爆发骚乱。"

"对此我非常清楚。"狄公用平稳的声音说道，"我也准备好冒此风险。叫郭大夫准备好在公堂验尸的一应事项。马荣和乔泰去见肉屠行首及廖行首，将我的决定通知他们，要他们陪你们去墓地，见证棺木从墓中挖出并一起来衙门。要使一切神不知鬼不觉地迅速完成，在百姓们得知发生什么事之前，棺材应该已运到衙门。消息传出后，我相信他们的好奇心一开始会胜过对我的憎恨。而他们信任的行首们在场，也可防止他们采取鲁莽的行动。这样，在衙门升堂前，我希望不会发生什么事。"

他朝三名随从微微一笑，给他们鼓气。

待众人迅速离开后，微笑马上便在狄公的脸上凝住。凭着超强的自控力，他才得以在随从们面前一直保持轻松愉快的神志。此刻他走到书案边坐下，将脸埋在双掌中。

正午时，狄公没有吃衙役送来的饭菜，只喝了杯茶。

郭大夫回禀说棺材已送到衙门，未受到任何干扰。不过，此刻一大群人正聚集在大门前，愤怒地叫喊着。

马荣和乔泰进来时神色非常忧虑。

"大人，公堂上的人们情绪激动。"马荣严肃地说道，"街上那些未能进公堂的人正在大声咒骂，并朝大门扔石头。"

"随他们去！"狄公果敢地说道。

马荣求助地看了乔泰一眼。乔泰道：

"大人，请让我去叫巡逻队！他们可以在衙门外设置警戒线，并……"

狄公用拳重重捶了一下书案。

"难道我已不是此地的县令？"他冲着随从们大声叫道，"此乃本县属地，那些人是本县的百姓。我不需要任何外界的协助，我可以独力处置！"

两人不再说话，他们知道，多说无益，可他们担心这次狄公错了。

锣响三声。

狄公站起身，穿过走廊来到公堂，身后跟着两名随从。

狄公进入公堂，在公案后坐下，迎接他的是不祥的沉默。

公堂内拥挤不堪，衙役们神色不安地站在他们指定的位置。狄公见左侧放着陆明的棺木，边上是仵作及其帮手。陈氏站在棺材前，手拄一根拐杖。陶干和郭大夫站在书吏桌旁。

狄公将惊堂木一拍，说道：

"升堂！"

陈氏突然喊道：

"要辞职的县令有什么权利升堂审案？"

人群传出一阵愤怒的低语声。

狄公宣布道："本次升堂为的是证明棉花商陆明乃遭残害致死。敛尸人，开棺！"

陈氏踏上平台一角，尖叫道：

"难道我们要让这狗官再来亵渎我丈夫的尸骨？"

人群向前涌来，四面八方传来"打倒县令"的喊声。马荣和乔泰将手按在藏在长袍下的刀把上。前排的人将衙役们推了开来。

陈氏眼中闪烁着恶毒的光芒。这是她的胜利，她体内野性的鞑靼血液为即将发生的暴乱和流血而狂喜。她抬起手，人们收住脚步，看着她那引人注目的身形。她的胸膛起伏着，手指着狄公，开始说道：

"这狗官，这……"

在她深深吸口气时，狄公突然用公事公办的口气说道：

"妇人，想想你那磨破的鞋底！"

陈氏叫了一声，弯腰看去。当她站直身子时，狄公看到她眼中第一次露出了真正的恐惧。前面的人立刻将狄公那出人意料的话传给后面的人听。陈氏控制住自己，看着众人，搜肠挖肚找话说。人群中传出一阵困惑而杂乱的说话声。"他说了什么？"公堂后面的人不耐烦地叫道。陈氏开始说话时，她的声音却被淹没在敛尸人敲锤声里。在陶干的帮忙下，敛尸人很快就把棺材盖放在地上。

"你们现在就会见到答案！"狄公用极其洪亮的声音叫道。

"别信他，他……"陈氏急忙说道。但她很快便停住了，因为她看见人们的注意力已转移到被抬出棺材放到芦席的尸体上。她朝后退缩着靠在公案边，双眼紧紧盯着摊放在芦席上的可怕尸骸。

狄公一拍惊堂木，大声说道：

"仵作只需察看尸体头部，特别注意头盖骨，在头发间细细察看。"

郭大夫蹲下身去，挤满人的公堂上鸦雀无声。人们只听见外面街上传来人们模糊的叫喊声。

郭大夫突然站起身，满脸怒容。他嘶哑着声音说道：

"禀告大人，在头发间我找到了一个细小的铁点，那似乎是一枚铁针的针头。"

陈氏已恢复镇静。

"这是个圈套！"她尖声叫道，"棺木已被动过手脚！"

可是，此时旁观的众人已充满好奇心。前排一名身材魁梧的屠夫叫道："那可是我们行首亲自封的坟墓。那妇人，安静点，我们要看看那东西是什么！"

"证实你刚才所说的话！"狄公对着郭大夫高声喝道。

仵作从袖中取出一把镊子。陈氏朝他扑过去，但班头一把将她抓住，拉了回去。她如同疯猫般挣扎着。郭大夫从头骨中夹出了一根长铁针。他对着众人将它高高举起，然后放在狄公面前的公案上。

陈氏全身软弱无力。班头松开了她，她茫然地朝书吏的桌子跌跌撞撞走过去，低着头站在那儿，身体靠在桌沿上。

前排的旁听者将他们目睹之事高声讲述给后面的人听。人们开始嘈杂地谈论起来，后排的一些人又冲到外面去告诉街上的人。

狄公将惊堂木一拍，嘈杂声越来越小。他对陈氏喝道：

"你把铁针钉进你丈夫的头顶谋害了他，你招还是不招？"

陈氏慢慢抬起头，身体剧烈地抖了一下。她将一缕头发从额头拨开，然后用单调的声音说道：

"我招认。"

这最后的消息传遍整个公堂后，人群中又传出一阵嘈杂的说话声。狄公往后靠在椅子上。公堂再次安静下来后，他疲乏地说道：

"从头讲来！"

陈氏将袍子往苗条的身上裹了裹。她凄怆地说道：

"那似乎是很久以前的事了。现在真的还要紧吗？"她将背靠在桌上，抬头望着墙上高高的窗户。她突然说道：

"我丈夫陆明乃一乏味愚蠢的男人，他懂得什么？我如何能继续跟他生活下去？我一直在寻找……"她深深叹了口气，继续说道："我和他生了一个女儿，可他说还要个儿子。我再也忍受不了了。一天他说肚子疼，我给他喝了混有一种安眠粉的烈酒当药。他熟睡以后，我拿来纳鞋底用的长铁针，用木槌将它钉进了他的头顶，直到只露出针头。"

"杀了那婊子！"有人高喊。人群紧接着爆发出愤怒的呼喊声。人们很快便改变了态度，将愤怒的矛头指向了陈氏。

狄公把惊堂木在公案上一拍。

"肃静！秩序！"他高声喝道。

整个公堂立刻安静下来。衙门的权威已经恢复了。

"匡大夫称那是心病发作。"陈氏继续招供道。她随后又轻蔑地说："为了得到他的帮助，我只得做他的情妇。他以为自己知道这一切变故的秘密，但他不过是个无用的新手而已。他一签好死亡证明，我便断了与他的关系，终于，我自由了……"

"大约一个月前，有天我离开店时滑倒在雪中。一名男子走过来将我扶起，送我进了屋。我坐在店内长凳上，他为我按摩脚踝。每一次手的抚触，都令我感受到这名男子的魅力。我知道他便是我一直苦苦等候的伴侣。我将全部心智、身体、力量集中起来要将此人吸引过来，但我感觉到他在拒绝。可是，他离开时我就知道他会回来的。"

陈氏重又恢复了先前的那种生气。她继续说道："他真的来了！我赢了。那男人是团燃烧的火焰，他对我既爱又恨，他为爱我而恨自己，但他还是爱我！那是生命之根将我们连在了一起……"。

她停了下来，然后垂下头，再说话时声音变得很疲惫。

"接下来我知道我又要失去他了。他指责我损耗他的精力，坏了他的规矩。他告诉我们必须分手……我疯了，没有这个男人我活不下去；没有他，我觉得生命的力量从我身上一点一滴地流走……我告诉他要是他敢离开我，我会像杀我丈夫那样杀了他。"

她忧郁地摇了摇头，继续说道：

"我不应该说那种话，从他看我的眼神我知道了这点。一切都结束了。那时我也知道我得杀了他。"

"我将毒药放在干茉莉花中，装扮成一名鞑靼青年的样子去了澡堂。我说我是来向他道歉的，我想跟他友好地分手。他待我很礼貌但是冷冰冰的。他对保守我秘密一事不置可否，我于是把花放进了他的茶杯。毒性一发作，他可怕地看了我一眼。他张开嘴，可说不出话来，而我知道他诅咒了我，我还是输了……老天爷，他可是我唯一爱过的人……而我却杀了他。"

她突然抬起了头，直盯盯地看着狄公说道：

"现在我必死无疑，你可以任意处置我的躯体！"

狄公恐惧地看着她身上突然发生的变化。她光洁的脸上出现了深深的皱纹，眼睛变得黯然无神，一下子苍老了十岁。因为她那狂烈不屈的精神已然消失，剩下的只是一具空壳而已。

"宣读供词！"狄公命令书吏。

书吏开始宣读记录，公堂之上一片死寂。

"你认可这是你的真实供述吗？"狄公问道。

陈氏点了点头。班头将供词递给她，她在上面按了指印。

狄公宣布退堂。

二十四

▼

狄县令雪夜挖旧坟
郭夫人药山殒香魂

狄公离开了公堂，身后跟着三名随从。人群中传来了略带压抑的欢呼声。他们刚走进走廊，马荣便在乔泰的肩上重重地拍了一记。他们几乎控制不住自己的狂喜。进入狄公的内书房时，就连陶干也在开心地低声轻笑。

可当狄公转过身来时，他们十分吃惊地见到，他的脸色如在公堂上一般冰冷而毫无表情。

"今天大家都很劳累了。"他平静地说道，"乔泰和陶干最好去休息吧。至于你马荣，很遗憾，我还不能让你走。"

乔泰和陶干带着迷茫和惊讶的神情离去。狄公拿出写给刺史的信，将它撕碎扔进铜炉闪烁的炭火上。他默默地看着它们烧成灰烬，然后对马荣说道：

"马荣，去换上你的猎装。然后备好两匹马在院内候着。"

马荣完全摸不着头脑。他本想要狄公说明一下，可是看了看狄公的脸色，便一言不发走了出去。

院子里，大雪飘落，狄公抬头看了看铅灰色的天空。

"我们得赶紧。"他对马荣说道，"这样的天气里，天很快就暗了。"

他将围巾拉起遮住脸的下部，飞身跃上坐骑。他们走侧门出了县衙。

骑过大街时，他们看见许多人不顾大雪寒风挤在街上的摊头。他们站在一起，在临时搭的油布篷下热切地谈论着那场惊心动魄的堂审，丝毫未曾注意到骑马而过的两个人。

他们来到北城门，平原吹来的冷风扑面而来。狄公用马鞭敲了敲守卫的房门。一名士卒出来，狄公命他给马荣一盏用厚油纸做的防风灯笼。

出了城，狄公骑马向西。此刻黄昏已降临，但雪似乎小了些。

"大人，我们去的地方远吗？"马荣担心地问道，"这样的天气极容易在山丘间迷路！"

"我认识路径，"狄公简短地回答道，"我们很快便可到那里。"

他骑马上了通向坟地的路。

进入坟场后，狄公边执缰缓行，边仔细地察看着坟丘。走过被挖开的陆明的坟墓，他一直来到坟地最远的角落。狄公在那儿下了马。他在坟丘间边走着，边喃喃自语，马荣则紧随其后。

狄公突然停下脚步，用袖子擦去立在一座大坟前的墓碑上的雪。他看见上面刻着王屠的名字，便对马荣说道：

"便是此处了。帮我挖开此坟。我马鞍袋内有两把短锹。"

狄公和马荣挖开积在石碑底座边的积雪和泥土，然后开始挖松墓碑。那是件十分吃力的差事，等石碑可以朝前推倒时，天色已黑，浓云遮住了月亮。

天虽寒冷，狄公却汗流浃背。他从马荣手中接过点亮的灯笼，弯腰进了坟墓。

坟内，空气依然腐臭异常。狄公举起灯笼，看到墓穴内有三具棺材。他仔细看了刻在上面的字，然后走到最右边的那口棺木旁。"拿着灯笼！"他命令马荣道，却不由自主地压低了嗓音。

马荣焦虑地看着狄公的脸，只见在摇曳的灯光下他显得更加憔悴。他见狄公从袖中取出一把凿子，把短锹当锤子，开始撬松棺盖。敲击声在墓穴中空落落地回响着。

"你从另一头开始！"狄公急促地对马荣说道。

马荣脑中闪过许多疑惑。他将灯笼放在地上，把短锹插进凹槽。他们在亵渎一座坟墓。虽说在封闭的墓室里似乎挺暖和的，可马荣却剧烈地颤抖着。

他不清楚撬那棺材撬了多久。等他们终于把棺材盖撬松时，他的背生生发疼。他们把铁锹当作杠杆，慢慢将棺盖抬起。

"让棺盖住右掉下去！"狄公喘息着说道。

他们推了一把棺盖，盖子掉到了地上，发出哐当的声响。

狄公用围脖捂住口鼻，马荣赶紧学他的样子。

狄公拿起灯笼，从打开的棺木上方照下去。棺内躺着一具骷髅，散开在各处的骨头上仍盖着腐败了的残余裹尸布。

马荣往后退了一步。狄公将灯笼递给他，然后朝棺木弯下身去，用手仔细摸着头骨。他见头骨是松动的，便将它取出棺材，仔细检查起来。马荣觉得在灯笼闪烁不停的光线下，头骨上空洞的眼窝似乎正斜眼看着狄公那张靠近的脸。

突然狄公将头骨摇了摇，传出了金属的嘎嘎声。狄公凝视着头骨顶上，用手指尖摸了摸，然后将头骨小心地放回棺木，嗓音嘶哑地说道：

"行了。我们回去吧。"

他们爬出墓穴，见浓云已消散，空中挂着一轮满月，银色的月光洒在荒芜的坟场上。

狄公吹熄了灯笼。

"我们把墓碑放回去！"他说道。

他们花了很长时间才把墓碑放回原位。狄公将雪和泥土铲回底座，然后骑上马。

他们骑马朝墓地大门走去时，马荣再也压制不住他的好奇心。

"大人，那儿葬的是什么人？"他问道。

"你明日便会知晓。"狄公答道，"明日上午升堂，我将开始调查另一件谋杀案。"

他们来到北城门前，狄公勒住马，说道：

"暴风雪过后，真是一个美丽的夜晚。你先回衙门去，我要去山丘间骑马清醒一下头脑。"

马荣还未来得及说些什么，狄公已掉转马头，飞驰而去。

药山上的最后一面（高罗佩　绘）

他往东来到药山脚下。他停了下来。他坐在马上弯下腰来，仔细察看一下雪地，然后下马将马缰系在树桩上，便开始上山。

一个穿着灰色皮毛披风的纤细身形站在山顶栏杆近旁，眺望着山下的白色原野。

她听到狄公靴子踩着雪的声音，便慢慢转过身来。

"我知道你会来此。"她平静地说道，"我一直在等你。"

狄公默默地站在她面前。接着，她很快地说道：

"瞧，你的袍子全都脏了，你的靴子上沾着泥土！你去过那儿了？"

"是的。"狄公缓缓回答道，"我和马荣一起去了那里。衙门必须调查那起旧谋杀案。"

她睁大了眼睛。狄公从她身上看过去，竭力想找些话说。

她把披风裹紧。

"我知道此事早晚会发生的。"她语气平淡地说道，"可是……"她顿了顿，然后悲凄地继续说道："你不明白什么……"

"我明白！"狄公猛地打断她，"我明白是什么使你做出五年前的行为，我明白你……我知道是什么让你告诉了我。"

她低下头来啜泣着，奇怪而无声的哭泣。

"律例必须要重建。"狄公断断续续地继续说道，"即使……那要毁灭我们自己。相信我，这比我自身更为强大。未来的日子对你会是人间地狱……对我亦是。我希望我能做到，但我不能……而恰恰是你救了我！请……请你原谅我！"

"别那样说！"她出声叫道。接着，她笑中带泪，轻柔地又说道："我自然知道你会干什么，不然我也不会告诉你。我永远不想让你成为别人。"

狄公想说些什么，可他的嗓子哽住了。他绝望地看了她一眼。

她避开了他的视线。

"别说话！"她喘息道，"也别看我。我无法忍受见到……"

她用双手掩住脸。狄公一动不动地站着，他感到仿佛有把冰冷的剑正慢慢刺进他的心。

她突然抬起头来。狄公想说话，可她迅速将手指放在双唇上。

"别说话！"她说道。接着她又微微一笑，颤抖着说："安静！你不记得那花儿掉落在雪地上的诗句了？要是我们仔细听，可以听到那声音……"

她欢快地指着他身后的树，继续飞快地说道："看，今日梅花都盛开了！请看！"

狄公回转身去。他抬起头，眼前的美丽令他忘了呼吸。那梅树清晰地映衬在月光如洗的天空下，在粗大的银色树枝上，小小的红色花朵仿佛熠熠生辉的红宝石。若有若无的气流在冰冷的空气中涌动，几片花瓣落下来，缓缓地飘落到雪地上。

突然他听见身后传来木头的碎裂声。他迅速转过身去，看见栅栏已经断开。山顶上只留下他独自一人。

二十五
▼

翌日早上，经历了一个备受折磨的夜晚，狄公起得很迟。衙役给他送来早茶时，悲伤地说道：

"大人，仵作的妻子出了事故！昨夜她跟往常一样去药山采药草。她一定是俯身在围栏上，围栏却断了。清晨，一名猎人在山脚下发现了她的尸体。"

狄公表示了惋惜，然后命他传马荣来。房内只剩他们两人后，狄公郑重地对马荣说道：

"马荣，昨晚我犯了个错误。你切不可把我们去墓地之事告诉别人，忘掉它吧！"

马荣点了点大脑袋，平静地说：

"大人，我不太动脑筋，不过有一件事我是会做的，那便是服从命令。大人说'忘掉！'那我便忘掉。"

狄公亲切地看了他一眼，命他退下。

门上传来敲门声，郭大夫走了进来。狄公马上站起身来迎上他，并正式地向他表示慰问。

郭大夫抬头用大眼睛看着狄公，眼里充满悲伤。

"大人，那并非一场事故。"他平静地说道，"内人对那儿了如指掌，围栏也很结实。我知道她是自杀的。"

狄公抬了抬眉毛。郭大夫继续用同样平和的声音说道：

"大人，我供认犯有大罪。我向她求婚时，她曾警告我，她说曾杀了她前夫。我说我并不在意，因为我知道她前夫是个残暴的无赖，以伤人害兽为乐。我觉得这种人理应被除去，尽管我本人没勇气去做。大人，我并非那种可成大器之人。"

他举起手做了个绝望的手势，然后继续道：

"当时我未问她详情，我们俩也从未再提及此事。可我知道她时常在想那件事，为疑虑所困。我理应敦促她去投案，可大人，我乃一自私之人，想到会失去她我便无法忍受……"

他盯着地面，嘴巴抽搐着。

"那你为何此刻提起此事？"狄公问道。

郭大夫抬起了头。

"大人，因为我知道这是她的愿望。"他静静地回答道，"我清楚陈氏的审判深深触动了她，让她觉得必须以自杀来弥补罪过。她实乃一极其真诚之妇人，我知道她希望她犯的罪能被正式报告，这样她便可带着清白的记录到来世去。故而现在我来禀报，同时也为同案而自首。"

"你可意识到你犯的是死罪？"狄公问。

"当然！"郭大夫惊讶地说道，"内人知道，她去后我不会独活。"

狄公默默地捋着胡须。他为这种超凡的忠诚而感到深深惭愧。过了片刻他才说道：

"郭大夫，我不能在人死后着手调查针对你妻子的案子。她从未告诉你她如何杀了前夫，我也无法根据道听途说的证据便去挖坟验尸。再者，我以为，倘你妻子真的打算将她所说的罪报官，她自然会留下自供状。"

"那倒是真的！"郭大夫思忖着说，"我没想到这点，我心里乱糟糟的……"然后他又仿佛在对自己轻声说道："日子会很孤独的……"

狄公离座走到他身边，问道：

"陈氏的小女孩是否住在你家？"

"是的，"郭大夫慢慢微笑道，"她是个可爱的小东西！我妻子非常喜欢她。"

"那么郭大夫，你的职责便很清楚了。"狄公坚定地说道，"陈氏一案结案后，你便领养那姑娘做你女儿。"

郭大夫感激地看了狄公一眼，他懊悔地说道：

"我很难过，我甚至都还未向你道歉，因为第一次验尸时没有找到那根针。大人！我很希望……"

"过去的事就忘了吧！"狄公赶快打断他。

郭大夫跪下叩了三个头。他站起来后简洁地说道：

"谢谢大人。"回转身要离去时他又补充道："大人真是个

· 203 ·

大好人！"

郭大夫慢慢朝房门走去，狄公觉得脸上像被鞭子重重抽了一下。

他跌跌撞撞地回到书案边，重重地坐在椅子里。他突然想起了郭大夫提到的他妻子的疑虑。"欢乐会消逝，悲哀和悔恨长留。"——她原来是知道那整首诗的。噢，那唯一崭新的爱……他的头垂到了桌上。

过了很久他才坐直了身体。一次久已忘怀的与他父亲的对话突然浮现在他脑海里。三十年前他刚刚通过乡试，便热切地向父亲陈述他未来的宏大计划。"我相信你有远大前程，仁杰。"他父亲说道，"但要准备好一路上有许多的苦难！而且你会发现，高处不胜孤独。"他当时曾自信地回答："父亲，苦难与孤独令人坚强！"他当时未曾明白父亲伤感的微笑，但现在他理解了。

衙役端来一壶热茶，狄公慢慢喝了一杯。他突然惊异地想道："生活仍在继续，这是何等奇妙，仿佛什么也未发生过！然而洪亮死了，一对夫妇令我深感自责，而我却还端坐在此喝茶。生活在继续，可我已不复是我。生活在继续，但我已不想再参与其中了。"

他觉得无比劳累。他想着平和的退休生活，但他明白，自己做不到。退隐是没有责任感人的事，而他却有着太多的职责。他曾宣誓为国为民效劳，而且已成婚有了子女。他不能当个负债之人，如懦夫般去躲债，他要继续干下去。

狄公做出这个决定后，重又陷入深思。

门突然被推开，将他从沉思中惊醒。他的三名随从跑将进来。

"大人！"乔泰兴奋地叫道，"京城来了两名官员！他们是连夜赶来的！"

狄公吃惊地看着他们，命他们让两位高官到客厅稍事休息，他穿戴好官服后便会尽快过去。

狄公进入客厅，瞧见两名身穿熠熠生辉绸缎官袍之人。他从官帽上的官阶标志知道，他们是大理寺的监察使。他心一沉，跪了下去。一定是件很严重的事。

年长的那人赶快走到他身边将狄公扶起，恭敬地说道：

"大人切不可给下官下跪！"

狄公目瞪口呆，任自己被领去坐了上座。

年长的官员走到靠着后墙的高长台边，小心地拿起放在那儿的一个黄色公文卷。他恭恭敬敬地用双手捧着说道：

"请大人看圣旨！"

狄公站起身，鞠了一个躬，再接过圣旨。他缓缓地打开来，并小心注意将见到的圣旨顶端加盖的御印高出他的眼睛位置。

那是皇上的圣旨，用惯常的正式言辞陈说，为表彰原籍并州太原的狄仁杰十二年来的出色政绩，特擢升为大理卿。圣旨上有用朱笔签署的皇帝令。

狄公卷起圣旨，将它放回高台，然后转身向着京城的方向三跪九叩，感谢皇恩浩荡。

他站起身，那两名官员向他深深鞠躬。

年长的恭恭敬敬地说道："小的两人已被指派为大人的随从。我们已冒昧先行将圣旨副本交与老书吏供全城张贴，百姓可为县令大人荣升而欢庆。明日一早，我们便护送大人进京。圣上旨意，请大人尽早赴任。"

年轻些的补充道："大人的继任者业已被任命，今晚便可到此。"

狄公点了点头。

"你们两位去休息吧。"他说道，"我要回书房整理公文，以便移交给继任县令。"

"请允许我等协助大人。"年长的官员卑躬地说道。

走回公堂时，狄公听到远处传来了鞭炮声。北州百姓已开始在庆贺他们父母官的高升。

老书吏过来迎接他们。他报称衙门众人正候在公堂上等着向狄公道贺。

狄公走上案台，见一应文书、衙役、门丁等均跪在公案前。这次，他的三名随从也在其中。

两名监察使站在左右两侧，狄公得体地说了几句官话，感谢他任期内众人的辛劳。他宣布，每人根据各自的职衔将得到一份特别的奖励。然后他看着十分忠诚地为他效劳并成为他朋友的三名随从，宣布任命马荣和乔泰为大理寺左右丞，陶干为主簿。

衙门众人的欢呼声与聚集在外面街上的人群的欢呼声交织在一起。人们喊道："县令大人长命百岁！"狄公苦涩地思忖道，人生可真是一出喜剧。

狄公回到内书房，马荣、乔泰和陶干跑进来感谢他。但当他们见到那两名神情严肃的官员在帮狄公脱官袍时，便猛然收住了脚步。

狄公接到圣旨（高罗佩　绘）

狄公隔着两人向三名随从苦涩地一笑，他们便迅速退了出去。他们关上了身后的门，狄公一下子痛苦地意识到，往昔那轻松同处的日子便要结束了。

年长的官员把狄公最喜爱的毛皮软帽递给他。他是在官衙间长大的，已学会掩藏自己的感情，但看着那破旧的毛皮，他仍忍不住抬了抬眉毛。

年轻的官员奉承道："直接被任命为尊贵的大理卿一职，乃罕有的荣耀。一般来说，皇上是从年长的州郡刺史中选拔的，而我猜想大人不过五十五岁而已！"

狄公想，此人的眼力不是太好，他应看得出自己不过才四十六岁而已。可是当他朝镜中看去时，却极其吃惊地发现，在过去几日里，他的黑胡须已变得灰白了。

他将文件整理好放在书案上，给两位官员简单地解释了几句。当他看到自己常与洪亮一起研究的向农民放贷的计划时，他忍不住滔滔不绝地讲了起来。两名官员礼貌地听着，但狄公很快便察觉到他们毫无兴趣。他叹了口气，合上案卷，想起了父亲的话："高处不胜孤独。"

狄公的三名随从围坐在衙役值房内的木炭火旁。石板地中央的木炭火熊熊地燃烧着。他们一直在谈论洪亮，此刻则默默地看着火焰。

之后，陶干突然说道：

"我不知今晚那两个京城来的大人物是否有兴趣来玩上一把骰子！"

马荣抬起头来。

"主簿大人，你可不许再玩骰子了！"他吼道，"你现在要学会过与你身份相符的生活！谢天谢地，以后我不会再看到你那油腻腻的大袍子了！"

"到了京城，我会将它换掉的！"陶干温和地说道，"不过马荣，你也不可再动不动就挥拳打人了！另外，你是不是该把那些粗活让年纪轻些的小伙子们去干了，兄弟？朋友，我见你头上有白发了！"

马荣用一双大手摸摸膝盖。

"啊，"他悔悟道，"我承认我的四肢时不时有点僵硬。"突然他咧嘴笑起来，"不过兄弟，我们这般有身份之人在京城总可获得姑娘们的青睐了！"

"别忘了，京城中还有那些年轻的花花公子！"陶干一本正经地说道。

马荣的脸一沉，愁眉苦脸地抓了抓头皮。

"住口，老酸脸！"乔泰对陶干叫道，"我们上了一点年纪，可以独自享受一夜安睡吧！可是兄弟们，有一样东西是绝不会离我们而去的！"

他抬手做举杯状。

"那琥珀色的美酒！"马荣叫着跳起身来，"兄弟们，来吧，我们到城里最好的酒馆去！"

他们将陶干夹在中间，挟着他朝大门走去。